Félix Darío Mendoza
LA HISPANIOLA

Le Royaume des Zombies

Saint Domingue
République Dominique

Félix Darío Mendoza

La Hispaniola le Royaume des Zombies

Félix Darío Mendoza. Né dans une zone montagneuse dans la Province de la Vega République Dominicaine cela fait plus de deux (2) décades depuis qu'il résideAux Etats-Unisd' Amérique. Avant D'êtreémigrerlà-bas. Travailler comme Directeur de Presse, et Information du Secrétaire d´ Etat de Travail en plus Secrétaire de Presse de la ConfédérationAutonomeSindicats Chretiens (CASC) et ses organisations adhérentes. Aussi Directeurdu Journal REVOLUCIÓN OBRERA, organe informatif de cette organisation.

Félix Darío Mendoza.
Le Royaume des Zombies

Pavicopter Communications S.A.

Copyright © 2022 Félix Dario Mendoza

Titre d'ouvrage:
La Hispaniola: Le Royaume des zombies

Nom d'Auteur:
Félix Darío Mendoza

Première Edition Español:
Mars 1999
Deuxième-Edition Français

ISBN 978-1-77419-131-6 (PBK)
ISBN 978-1-77419-132-3 (eBook)

Imprimé au Canada et partout dans le monde.

Pour commander des exemplaires supplémentaires de ce livre, veuillez contacter:

MAPLE LEAF PUBLISHING INC. *www.mapleleafpublishinginc.com*
3e étage 4915 54, rue Red Deer,
Alberta T4N 2G7 Canada

Renseignements généraux et service à la clientèle
Téléphone : **1-(403)-356-0255**
Sans frais : **1-(888)-498-9380**
Courriel : *info@mapleleafpublishinginc.com*

Pavicopter Communications S.A.

Translated by: Gérard Duthas Chaperon
duthas3@gimail.com

"Il faut mourir pour être vivre.
Comme un jouet dans l'histoire.
Cet homme c'est moi.
Le droit de né dans le passé.
Là-bas où habite la mort.
En réclamation d'un peut de terre pour réposer dans le future".

"Du groupe musical boricua
Faire le point dans un autre son".

DÉDICACE

Dédierau personnel de L'école Supérieurde Dewitt Clinton, Diriger par Norman Wechsler celui qui suivit des règles d'enseiguant du Chancelier Rusy Crew, et le Surveillant Joseph Dejesús, qui àacheminél'institution vers le progrès académique.Distinger aussi dans sont travail, comme assistantDirecteur de Marlene C. Diaz,symbolede dédication àla formation écolière les départements de Langues Etrangères E.S.L et la Maison International,sous son pouvoir,une colonne de protection pour la littérature hispana de ce groupe à été formée.

Mes gratitudes toutes les personnalités pour leurs collaborations depuis la Direction de L'enseignement du Comité D'Education de New York. Tousont participés dans L'Education Bilingue et aussi sont des Piliers pour cette enseignement.

Le professeur Luis L, Pinto pour être un bastion indiscutable d'une journée très étendue pour le bien de la littérature à travers le Département de Langues moderne de Bronx Community Collège et le Centre Gradué de CUNY c'est un grand honneur pour moi d'être nourrir de vos enseignements.

Quelle reconnaissance envers la professeur Ivette Matias d'avoir très cultiver, et critiquer avec profondeur ce roman. Ces connaissances dans l'analyse et critique de la littérature caribéen á porter beaucoup d'aide dans le processus de déroulement de la Hispaniola : Le Royaume de Zombie. ! Mil remercîments!

A mes parents et frères, Spécialement à maman Félicita et ma fille Carolina pour avoir navigué avec moi dans ce monde très convulsionner. Cette dédicance est particulièrement à tous mes neveux représanter par Dhariana Lozano, Melba Maria Mendoza et Emmanuel Contreras royal combinaison de douceur laborieux et de sagesse.

Pour Nuola O' Douherty, dont les très sages recherches près de L'ile la Hispaniola dont le thème de ce roman a été envisagé.

Rappel posthume a mon compère Juan Francisco Taveras Guzman (Guanche) et mon consegneur don Rafael Espiallat (Fello) la région del Cibao pleur son départ.

Félix Darío Mendoza 7

<u>REFLEXION</u>

Sera un pécher, et aussi une imprudence de ma part de passer inattentif sans de diriger quelques phrasesà vous les lecteurs à propos de la dynamique qui m'avais motivé de vous remettre ce roman.

J'étais qu'un petit garçon, il y a beaucoup d'années de ça, que je parcourir dans les vallées et les champs qui embellissaient la Provence de la Vega. Comme nous vivons dans un village, l'opportunité de réunir avec mes neveux contemporains était impossible. Maisà cause les choses de la vie, il arrive une réunion de ce genre. Cette réunion inattendue est à cause de la mort d'un parent lointain. Quelques choses un peut difficile pour moi de comprendre, c'est que entre les familles et les amis ils sont toujours réunis lorsqu'une personne est né ou mourir. Dans cette occasion presque toute la famille était réunie. Ma famille ressemble à l'arc-en-ciel parce qu'il avait tous les couleurs. A côte de ma mère j'avais sept tantes et le côte paternel sept encore.Bien sur, comme qu'il n'existe pas de télévision et mes parents ont l'habitude de se coucher très tôt, presque toujours ils vont au lit ensemble avec les poules. Par conséquent, c'est bien endendu, que dans les zones paysannes il y a tant de membres dans les familles. Je suis né à une heure du matin. Vraiment, c'est une incidence très étrange, parce que tout mes frères ont venirent au monde à cette même heure. Il n'avait pas de d'énergie électrique dans le centre de la montagne. Ma Grand- Mère Eudosia Diaz était une accoucheuse très expérimentée. Mais comme Je suis né trois jours avant la date fixée, c'était un peut difficile pour que maman Eudosia rencontre les ciseaux a temps pour couper mon nombril. Imaginer quelle confusion qui a été formée. Le Lendemain l'oursqu'on a confirmé un nouveau-né dans la famille, le bruit court de champ à champ et de montagne à montagne.

On a utiliséun cornet, une sorte de trompette pour annoncer les événements spéciaux dans la région. Enfin, pour mes tantes, je suis le premier enfant entre toutes les femmes, pour elles c'était un roi qui avait né. Presque toutes sont célibataires et habitent dans le même village. Pour cette raison elles considèrent mon arriver comme un jouet en chair et en os. Elles luttent pour prendre soin de moi J'étais leur "añoñaito". Plus tard tout a changer. Puisque je suis devenir un petit garçon, c'est comme un esclave elles me traitent.Avec beaucoup plus de "Plaisir"elles m'envoient àtous les offices.

¡Petit garçon, cherche les bois! Aller et chercher moi de l' eau avant que la rivière s'emporter! ¡Commetu est un homme, aller couper les bananes pour la grand-mère. C'est comme si les ordres n'étaient pas suffisant, il y a une tente qui à toujours besoin mon service, à cause de son mauvais tempérament il n'y a pas de macho (Homme) qui peut l'approcher, elle était presqu'au point de rester seule.

_¡Dario, aller et traite la chevreau muchacho de porra. Je te jure si la cabrita beugler non me donne pas de lait, je vais le retirer dans tes côtes! Jusqu'à présent les ordonnances de mes tantes retombent dans mes oreilles.

C'est dans cette réunion familière, à peine huirt ans d'âge, entendu la raison pour la quelle que mon père était noir et maman était une mélange entre indien et blanc. Les questions qui apparaissent après dans les salons de classes et aussi dans mes expériences postérieurs se sont commencer a entrelacées j'usqu'àce que la situation s'embrouiller plus au lieu de l'éclaircir.Une plante grimpante a été formée dont le début est dans les côtes d'Afrique et s'est étendue jusqu'au petit coin le plus éloigné de l'île.

_Avec tour le respect, je te présente ce roman : La Hispaniola : Le Royaume de Zombie J'aime considérer une théorie basé dans le sens commun.

Nous sommes dans un nouveau millénaire. C'est nécessaire de trouver réponses à beaucoup d'interrogateurs qui se sont relégué. Maintenait on ne peur pas imiter ce que de nombreux Historiens ont fait de réserver les ordures au dessus des tapis de les Musées et de les Palais Présidentiels. Non plus on ne peut pas faire comme l'autruche.

Comment est-il possible d'être l'île La Hispaniola est aussi riche, qu'elle donne auberge à la nation, la plus pauvre du monde? Qu'est ce qu'il arrive lorsque la pression anti-immigrant des Etats-Unis d'Amérique et de Canada augmente et affecter les Haïtiens? Est-ce que les Haïtiens sont capables de continuer de vivre dans une troisième partie dans l'île bien qu'en réalité ils sont beaucoup plus nombreux que les Dominicains?

Celles-ci et autres questions se répondront à vous chers lecteurs lorsque vous laisser aller avec moi par ce voyage dans la navire fiction de l'histoire du caraïbe à travers de La Hispaniola : Le Royaume des Zombies je vous souhait un excellent voyage.

I

EVEILLER

Pum! Pum! Pum! Kutu-pum! Pum! Pum! Kutu-pum! pum! pum!

Avec une rythmique de cadence unique, les femmes s'agitent leurs corps. Le son des tambours est clair, grondement et contagieux. Il semble que les instruments ont l'intention de parler. Chaque ton est retiré avec lé pénible rabâche du cruir des tambours de Joseph François Casablanche. L' habite du tambouriner se mattre de nouveau, a une épreuve très dure. Pour le moment se célébrer un grand évènement: El Alcajé, La Tortuga, Gonaive Juana Mendez et Cap Hattien, sa grandeur a fait changer le cours de l'Histoire. Actuellement le fusionnement pour les siècles et des sicles, les deux Cultures, et les deux Mondes qui habitent ensemble dans l'île la Hispaniola. Enfin, dans toute la Nation Haïtienne il y a de l'allégresse. C'était un vacarme parce qu'il y a beaucoup qui chantentet beaucoup qui pleurent.

Dans ce moment actuel les vents haïtiens, avec des déchaînements des batailles violentes couvrent les profondes vallées et les plateaux, supporter àson pas la rumeur de la grande journée, a l'attente de la tâche, de l'accomplissement constitutionnelle. Les coups de vents sont comme des chevreaux fougueux, qui se montent en chandelle, et descendent en fracassant par les pentes de la géographie haïtienne comme une malédiction collective. Les animeaux vient de pousser la voiture d'une nouvelle inquisition caribéen. De même que les cavaliers ils vient d'annoncer àles quartres points cardinaux, et avec toute les forces de leurs poumons, l'établissement du Règne des Zombies.

Pum! Pum! Pum! Kutu-pum! Pum! Pum! Kutu-pum! pum! pum!

Haïti avait réveillé de son l'éthargie. Trois-cents d'années d'histoire noire ont été foudroyé par l'énergie d'un nouveau lever du jour. Enfin une fois et pour tout le temps, les éléments de l'histoire universelle ont été réunis. Pour crées avec exactitude immaculée moyenne les quelles Port-au-Prince et saint Domingue ont été changés de place. Les rivières Masacre et Ozama elles boivent dans la même source. Grâce à cette métamorphose de la nature insulaire, les héros d'ébène se lèvent en défi avec des cornets au lieu des trompettes. Exciter par le son contagieux des tambours, et par les prêches hypnotiser des leaders politiques et religieux, d'une armée déchaîner des bêtes gigantesques qui hennirent. Après leurs cris terrifiaient ils sautent des précipices impénétrables, en traversent les rivières emportées des grands débits de la Hispaniola. Les cavaliers vient bien préssé pour accomplir avec l'annonce d'une nouvelle société, d'un nouveau règne dans la région du Caraïbe. L'heur de se réveiller a été arrivée. Entre les noirs et les mulâtres il n'y a pas de doute, bien que avec les murmures des vents, se distinguent les cris de Dessalines, Louverture Boyer, Pétion, Boukmann, Trujillo, et Duvalier. Le chœur des hommes choisis vient d'annoncer d'une outre-tombe, la libération d'Haïti. Tous ont arrives àune seule conclusion les haïtiens étaient convaincu et avaient mise en accord que «l'île est une seule et indivisible».

Pum! Pum Pum Kutu-pum! Pum! Pum! Kutu-Pum! Pum! Pum!

Saint Domingue et Haïti est un seul pays!
L'union faire la force!
Pour la liberté et la dignité!
Vivre la République d'Haïti!

Le robuste noir Joseph François Casablache, en sueur jusqu'aux moelles, il était entouré avec quatre tambours gigantesques qui le couvrent jusqu'aux mamelles. Il avait les yeux exorbites. Ses pupilles ressemble a deux braises des charbons ardents. Les muscles de son corps se répandent, se croissent et s'enflamme l'un de l'autre, dès pieds à la tète.Une procession humaine vienne de passée à sa face, elle était vraiment excitante et interminable. C'était comme une chaîne sans fin, composée par six noirs et six mulâtres, d'une manière inattendue ils se sont réunis dans cette occasion après tant de siècles qu'ils habitent dans une vallée de limbe où règnent les Zombies. C'est pour la première fois qu'ils se réunissent comme s'ils étaient les membres d'une seule race. Durant tous les siècles derniers, ils continu de tirer chacun à son côté, se crêper le chignon comme pense les gents. Gaspiller son temps, et son énergie par des discussions stériles. Diviser et vaincu par l'ambition personnelle, la pénurie du peuple n'a pas d'importance pour eux. Ainsi donc les siècles se passent. La suprématie raciale du sang blanc des français, contre le sang noir des africains continueront a se disputer. Exterminer en une haine cavernicole dans les montagnes et les vallées, baignéavec le sang innocent et coupable. Les rivières et les ruisseaux du sol haïtien étaient bouche avec des cadavres demi-mort. Mais le moment était arrivé, maintenant c'est l'air pur. Rien de peché seulement l'originel, ce qui est acquérir par le droit de naître par l'œuvre et par la grâce de « La Mère de L'église ». En accord avec les préceptes, seulement se peut effacer par le baptême. Cependant, le dieu des Zombies n'était pas cathodique. Par conséquent, les hommes et les femmes qui avaient été transformés, sont prépares pour être réveiller de son léthargie, de son serre, de son limbe. Pendant ce temps les tambours de Josephe François Casablanche continuerons rugissant.

_Pum! Pum Pum Kutu-pum! Pum! Pum! Kutu-pum! pum! pum!

Au fond des blancs se célébrée une grande recontre, la grande fête nationale avec la présence omniprésente de Metresilis, Anisa y Para Candele. Il y a de l'allégresse dans tout le territoire. Ils ont été convaicun que le triomphe était pour le moment, ou jamais. Les événements de 1751 à 1804 ont recommencer a se répéter; parce que l'histoire est aussi exactement comme les mathématiques. Les rochers millénaires sont écroulées et se sont pulvérisés comme si elles étaient frappé par un énorme maillet d'acier divin. Les troncs des arbres centenaires qui ont été coupés par les compagnies des bois de l'Amérique du Nord sont commencer de lever et poussér du jour au lendemain. Les ruisseaux étaient àl'aise pour se mèttrent en compétence avec les rivières, et avoir l'intension paradoxale de l'étouffer. Les montagnes, au lieu de bouillads vomissent de feu et, les volcans éteins qui craches de la lave, et des cendres dans toute la géographie de l'île. A ce montent-la, L'Océan Atlantique et la Mer Caraïbe se sont embrasses, et baises bans une liaison entre deux comme une maritale monstrueuse. Comme result de cette rancontre, des énormes vagues se lèvent avec des tourbillons qui frappent jusqu'aux cieux.

Il semble que les bouches des dieux gigantesques qui soufflent les eaux viennent au fond des lames. Près de l'horizon un soleil très agité et rougir, qui témoigne avec rougeur les évènements de l'île de la HISPANIOLA. La

Mar et L'Océan veulent s'associer aussi dans la journée de libération de l'esclavage moderne imposé aux peuples D'Haïti.

C'est comme si le Roi Dessalines a répondu avec ces souffles d'injurs, dès le Sud à le Tout- Puissant Henry Christophe au, Cap-Haitien, où il domine dans son Terrier du nord, et cacher dans ces refuges de sang et de ciment.

Ce ci c'était le moment des les haïtiens. C'était sa dernière opportunité. Bienque de nombreux leaders non le voient pas comme ça. Les dieux de ce moment veulent que tout le monde les voient de bon gré, au l'obliger d'être présent à l'arrive du nouveau règne, le règne des Zombies.

Pum!Pum! Pum Kutu-pum! Pum! Pum! Kutu-Pum! Pum! Pum!

Les belles femmes, avec les parties intimes de leurs corps qui se couvrent à peine, se chancelaient et s'ébranlaient ces seins se sautent en cadence avec le rythme de la musique. Ces attributs, parfaitement bien tournés, vibreaientau compas des tambours. Les présents étaient reste cloué stupéfier dans leurs places, afin de voient ce gaspillage de ce émerveiller érotisme. Ils observent absolument inoffensive cette sensualité aussi pure, aussi original c'est comme si les orfèvres humains avaient moulu avec leurs mains les corps parfaits d'ébène de les Demoiselles Haïtiennes, exotiques et incomparables comme les femmes Caraïbe. Les danseuses ont rendu fou àles hommes avec la proximité de ces attributs.Tandis que quelques curieuses qui avaient été coulées sans être inviter dans la cérémonie, pour entrevoir les femmes avec dissimulation; et avoir de la rage au cœur : comme ce lui qui veut et qui ne veut pas. Mais dans leurs entrailles se brûlent les viscères de la jalousie lorsqu'elles ont vu ces corps aussi extraordinaire.

D'un autre côte, les hommes veulent de se sauter d'émotion. Excités comme ils sont, et se mouillé la langue comme les chiens linlers. Avec les yeux exorbités comme les boules de billard tout prêt a sauter sur son morceau de viande. Mais l'endroit de la cérémonie non le permettre pas.

Hélas de ce qui confrontent les mouvements corporels de ces belles femmes! Hélas de ce qui les manque de respects et touchent ces attributs féminins!. Queldommage de celui qui a au moins intenter de toucher avec les bouts des droits à l'une de cettes demoiselles !Des nombreux avaient l'envie de satisfaire l'excès des son désir, la seule façon c'est de toucher àune personne. Pour le moment, ont n'a pas rencontrer un seul homme qui peut défier la jalousie des esprits suprêmes. Les désespéréstombent dans un moment difficil et furieux. Ils secouraient leurs corps comme s'ils avaient recevoir des décharges électriques. Bouleversé comme s'ils étaient piqué par une banne de puces. Avec de terrer avant que les dieux devinent ses intentions luxure, il n'y a pas personne non plus qui peut douter de la présence omniprésent des Bacases et Loases qui veulent se convertir en tel propos, en n'importe quel objet et un animal quelconque. Les représentants de L'homme Suprême se trouvent dans la cérémonie dans l'espoir d'entrer en matière soit sur le prêtre, au sur la femme qui sont plus appropries pour se "Monter"Dans le lieu tout d'un coup un chaut a été formé, un grand trouble lorsqu'on a écouter à une bavarde donne des cris comme une chevreau et bégayer comme un fou parce que, d'après lui, une mètresl'avait monté dans sa tête:

En-en-en-enlever-dans-dans-dans-mon-mon-mon-che-

che-che-chemin! Que-que-que-per-per-per personne ne ma-ma-ma m'approcher pas¡ Metresilí et Anaisa se sont mon-montent sur moi!

Dans l'intention de confondre les gens il a donné un attouchement gramatique à son action.

Après une toux fugace, il a raffiné un peut le ton de sa voix. Tout de suite, il à commencer a imiter quelques cris selon le serment de ceux qui l'ont possèdent. L'intonation s'est devenir effémine.

Si vous avec l'intention de mat-mat-mat m'attraper je te promettre que je vais de venger et vous allez de me pay-pay-pay payer ça très che-che-che cher !

Eloigner-vous de moi bou-bou-bou-bou-bou-bou !

Il se trouve dans un moment très acculé et avec peureur qu'il ne peut pas prononcer avec précision le nom de' (Bourriques).

Le vagabond ne peut pas terminer la phrase parce que ses lèvres tremblent comme de la galitine. Dans ce moment on a entendu une voix autoritaire qui crie en disant:

Attraper a ce malheureux ! Qu'il ne s'échappe pas cet intrus! C'est un Tonton Macoute, un rapporteur o un attaché du gouvernement ¡Attraper-le tout de suite Attraper-le Amarrera ce voleur de cochon, et ce volé de cabrit!

Quand l'infortuné se rendre compte qu'il était acculé, il a commencer une fuite en zigzaguear, au milieu du grand salon. Désespéré pour sortir dans cette situation, il a vu un espace ouvert sans hésiter accélérez dans cette direction. Malheureusement, sans le percevoir il a passé à côté la matrone qui a ordonné sa capture. Elle l'attend discrètement avec un bâton en disant: après L'avoir tenu avec le morceau de bois.

Tiens ce coup de bâton canaille, afin d'appendre a respecter L'organisation des Zombies!

Dans sa fuite, il a reçu un choc combiné avec une croche-pie inattendu de la part de l'un des présents, ça le fait perdre son équilibre. L'individu a continuer de faire des culbites sur le sol où il est rester en tremblant de terreur. Il ressemble à un poussin qui prendre froid. La vérité s'est révélée lorsqu'un qui homme robuste noir a été instruire par une prêtresse respectée et connu par le surnom de Madame Deux-Tètes, qui a tomber au-dessus. Comme un ver il se torde en recevoir le coup de fouet d'un tissu de liane nommer le « dompter le "vaillant". La situation est un peut difficile il continu a se torder. Ses cris de désespoir arrivent jusqu'aux cieux.

Puni-le dur, Moreno! Plus Dur encore, c'est un comédien, un vaut rien! n'oublie pas que les Zombies ne bégaiement pas !

Le bourreau obéis et frappa sans pitié à l'individu en disant en disant; Moreno enlever le sommeil tu sais très bien que Madame Deux Tètes était implacable. C'est pour cette raison il ne vaciller pas pour complir les ordres de sa maîtresse. Après le signal de la Matrone, il le traîner vers une bûcher. Il a retirer un charbon allumé sans hériter le dépose dans ses fesses. Le douleur a provoquer des cris de désespérations. Tandis que les gens ont commencer de chanter à voix haute. Les inégalités des cris, et le carillon des tambours s'engloutirent les gémissements de l'infiltrer dans la cérémonie. Comme un chien avec des puces ainsi l'homme se roule avec le douleur prodruit par la raclée que le noir robuste enlever le sommeil le pourboire.

Parmi les gens beacoup de rumeurs courent comme feux d'artifice que le s'entremêler était un jeune militar peut d'experience. C'était une recrue qui cherche avec rapidité une promotion dans les rangs de la Police D' Haiti. Sans doute, c'était un attaché du groupe répressive du Gouvernement Haïtien. Qui était infiltrer dans ce lieu pour un service d'espionnage. Ce dévergondé a payé très cher son audace. Désespérer pour résoudre cette situation, se déplacer comme une flèche vers un précipice énorme où il a laissé son dernier soupir de vie suspendue dans l'air. Pendant ce temps, dans la cuisine une mulâtre habillée en blanc que connu très bien à l'infortuné avec dissimulation elle a prépare une jarre de café noir. Après de lever le récipient, en l'air elle donne trois tours à gauche, et trois à droite. Apres de baisser le récipient elle a bu une gorgée de ce contenu. A la dérobée elle a jeter un coup d'œil à la multitude. Elle a bu un autre coup et faire une grimace avec les yeux exorbités comme les yeux d'une chevreau effrayante. De sa gorge on a entendu le son d'un gargarisme. Après ça le reste du breuvage a été tiré dans l'air en forme d'un cercle pour "la tranquillité du défunt". En même temps la femme fredonne unechanson avec la bouche presque fermer, elle raconte l'histoire d'un homme qui a perdu sa vie pour la débilité féminine.

Seulement sont ceux qui ont été choisirent qui peuvent participer dans la cérémonie qui sera effectuer peu avant minuit. C'est le moment de livrer un tribut à les dieux, c'est le moment aussi de sélectionner les jeunes filles qui vont à commencer sa vie par moyen de la coupole avec les hommes qui ont été sélectionnés pour tel but. La seule condition c'est que le numéro des couples ne passera pas de sept. Par moyen le rituel, les jeunes vierges seront tentées par l'épreuve de la chair. Uniquement, les demoiselles qui sont réussirent de vaincre les tentations de la chair, peuvent être s'apparier, après qu'elles soient montées par les dieux, dépouillées, et possédées par l'esprits, elles sont devenurent des prêtresses, et seront prédestinées pour protéger les Zombies. A les nouveaux couples se l'exigent des vigeurs et une abstinence de sept années afin d'accomplir le mandat sacré qui a été initié dans la rencontre avec les esprits. Pour ceux qui n'étaient pas été choisir droivent y allez de ce lieu "avec sa queue entre les jambres" le proverbe des gent. ! Hélas! ¡Quel peine! Assi ils restent déceptionés, et grogner comme des chiens en chaleur. Se résigner de régarder sans le toucher, et sans le droit de manger.Comme un tourbillon assi se forment les corps des danseuses. Les femmes se retournent leurs figures en courbes comme des serpent endiables.

En tourbillonner, étaient les ceintures des demoiselles et une encouragement les chants par les chants érotiques et des cris enroués du chœur viril accompagné des sons des tambours, racler avec une grandre maîtrise par les bouts des doigts du tambour-major. Les instruments rustiques vibrent grâce à les coups de force de Josèphe François Casablanche.

Le musicien avait les yeux fixé dans les ceintures ondulées des danseuses haïtiennes qui passent en dansant à côté de l'estrade en acclament à tous les dieux et les saints falloir et avoir.

Mon Dieu, quand est-ce que tu viendras? Donne moi un peut de force! La femme ne peuve pas! Santé secours, vient par ici! Anaisa et Papa Candele pour m'aider! Saint Domingue et Haïti sont un seul pays! L'union faire la force, zut!

Les locutions étaient répétées avec une intonation parfaite

par les présents. Au fons le bruit de l'écho a retenti dans toute les montagnes et les colines, les lamentation et les imprécation avaient été amplifié en Langue Créole ou Patoi. En définitive c'est la Langue que le peuple haïtien entendre. Entre les dit-moi, et je te dire des chanteuses, et ensemble avec les pum pum kutu pum des tambours et ensemble et les cornts. Ils ont formé une orchestre des loases, des Vacases et des zombies. La cérémonie a été célébrée dans le détour de la coline à côté le village de Fond des Blancs. D'ici, quand les nuages le permetra ont peut distingue la majestueuse impuissance du château la Citadelle et sa Jumelle Fortresse la Ferrière. Toutes les deux édifications, avaient été construirent avec le sang, la graisse, et les testicules des taureaux châtrer, pour servir comme refuge a le puissant Henry Christophe, l'insignifian esclave et cuisinier qui aété convertirdu jour au lendemain, comme le premier Roi duNouveau Monde sous le pompeux nom Henry I.

L'arrivée dans ce lieu ne sera pas très difficile si les courbes et les précipices n'étaient pas exister parce qu'en Haïti comme indique son nom, la terre est un peut élevée et montagneuse. Lorsqu'on monte au mont de Fond des Blancs c'est comme si ont été dans un énorme escargot comme quelqu'un qui s'élève sur une montagne spirale, comme celui qui se mettre dans un creux d'une sans pareille avec un air défi. Le corne pointu s'est levé en mot de passe comme une moquerie contre l'infidélité des dieux impies qui avaient été prendre la fuite pour se cacher dans le Plateau Central. Ils avaient mettre en défi les desseins des dieux suprême, et ils croient qu'ils étaient sain et sauf de la furie du dieu des dieux, et le roi des rois. Lors que quelqu'un a prendre la fuite dans le grand plateau il faut payer ça très cher, le demeure Caribéen n'est pas accessible dans la Géographie de L'Artibonithe, terrier des gens doux et des gens sauvages. L'île de la Hispaniola c'est l'unique endroit où les condamnes dominent comme s'ils étaient des dieux en vigueur. Là les peureux se cachent afin d'éviter les châtiments de la part de l'implacable Papa Boco. Les renégats n'avaient pas affronter avec les vigueurs nécessaire a les colons de canne à sucre qui ont été arrivés de la France.

Au contraire, ils se sont corrompus comme les autres humains et ils ont fui pour éviter les coups de fouets de leures impitoyable patrons blancs. Les colons français se sont emparés au feu et a sang-froid les moulins, les sucreries et les plantations de canne à sucre. Le moment de déplacer a les Majordomes Français est arrivé a les violateurs sexuel et a les persécuteur luxueux en excès des femmes et les filles des ouvriers dans les plantations de café et de canne en Haïti.Maintenant ils courent comme des porcs blancs après avoir satisfaire ses exigences charnelles en montent sur les femmes comme si elles étaient des pouliches ou des juments de procréation. Enfin ce qui avait provoquer que les dieux se mettrent en colère, et la punition qu'ils avaient reçu c'est à cause qu'ils n'avaient pas écouter ni a Boyer ni a Dessalines, parce qu'ils ont réclamer à cor et à cri leur participation dans la batille. Ils ont demandél'intervation du pouvoir des êtres le plus loin pour gouverner la partie orientale de la Hispaniola. Là, où les blancs oisifs se promenaient avec fierté comme des paons, dans de grandes voitures à chevreaux en bon état. Ils ont vu l'indiffèrent de quelques-uns, et l'impotent des autres, ils ont changé sa langue, son éduction, et sa justice: mauvaise, mais c'était sa justice, de l'origine d'importation, comme eaux. De la part de la mère de la patrie. En retour les faux dieux ont payer pour leurs négligences contre le peuple Haïtien. Pour cette raison ils se sont déplacer sans control vers les grandes montagnes, qu'elles avaient représente pour eux leur purgatoire.

A la lute zut, l'ennemi s'approche!

Vive Haïti! Vive la Révolution ¡Liberté et Fraternité Saint Domingue et Haïti sont une seule chose!

Les grondements des cris se sont amplifié par les parois des montagnes, la répétition de l'écho était interminable et parfaite.

Boyer et Dessalines étaient dans le correct. Pour cette raison ils se plaignaient pendant la planification de la bataille contre les forces armées Dominicaines dirigées par le temible Général Pedro Santana. Cela a fait 22 années qu'il a occupé le territoire Espagnol. Les changements et les divisions internes avaient débilite les forces envahisseurs.

Commandant! - Ledire Dessalines à Boyer à ce que je crois, si nous avons reçu un peut d'aide de la part des leaders haïtiens bien sûr la partie l'est de la Hispaniola se trouvera sous notre domination totale. Le croyer vous aussi comme ça?

Booooon!le répondu Boyer avec les yeux glacés et sa manie de mouiller ces lèvres avec sa langue. –Je considère; mon excellence que vous avez raison, mais n'oublie pas mon Général, depuis que nous avons émancipés en 1804 ànos jours, presque quatre décades ont été passées. Et le groupe des despotes habillés en militaires qu'est-ce qu'ils avaient faire pour le pays rien au contraire ils ont tirés des avantages dans la révolution Haïtienne?

Pour le momant le Général Boyer ne peut pas mouiller ces lèvres avec sa langue. Maintenait il commence a gesticuler avec le poing demi ferme parce qu'il avait l'intention de cacher les trois droits dans la main gauche qui manquent. Le Militaire se souviens quand il a été blessé par un ennemi celui qu'il avait coupé le cœur avec un poignard à double tranchant. L'évènement a eu lieu dans la frontière d'une bataille de corps à corps quelques années de ça.

Mon Général! - poursuivre Boyer- Je parle de ces gens l'à qui nous avons lancer pour mourir dans les tranchées par des sabres et des machettes. Pendant ce temps, ils vont, en France pour négocier avec notre sang afin de fortifier leurs commerces et leurs propriétés. Quel Pays ni quelle nation!

Ils croient, mon excellence, que Haïti est un terrain de sa propriété et nous sommes les esclaves.

Boyer – le répondu au Roi – il ne faut pas très persistant, parce que les mulâtres aussi avoir notre sang.

–Mon Général je ne veux pas te contredire parce que je sais très bien que votre préférence amoureuses est pencher pour "la chair des femmes banches ". Je faire allusion avec les soldats, votre excellence.

Emporté par des terreurs, il pense que le Roi Jacobe Dessalines était offensé pour son commentaire, tout de suite le commandant Boyer a ajouter.

–Je crois vôtre excellence, que le moment est arrivé. Nous sommes à temps pour affronter avec les espagnols ou les figures déteindre de la partie orientale. Si nous n'avons pas trouver des renforts militaire immédiat, la Hispaniola ne peux pas rester sous notre control. L'île ne sera pas comme vous avez toujours enseigner une seule et indivisible.

Aussitôt dire ça Boyer se lève en position d'attention. Avec le regard fixé sur le Roi Jacobe Premier, il a faire un tour complet se retourner sur ce talons et il cris a tout pourmon:
—   Vive son excellence le Roi! Vive la République d'Haïti ¡L'union faire la force!

Des milliers de soldats avaient répétés les phrases du commandant Boyer avec une exactitude impeccable. Le gigantesque bataillon marche avec une arrogance sur un cheval afin d'initier la bataille finale contre le gouvernent espagnol. Les cris des commandements des officiers ont été propagé parmis tous les soldats. Le hennie et le galoper des chevaux avaient servir comme fond au cri de guerre.

—Guerre à les espagnols! Pour le pays ¡Pour les ancêtres ¡Mourir pour la nation! De sa part, Jean Jacobe Dessalines qui vient de se proclamé comme Roi Jacobo I de la partie Sud d'Haïti se limiter de sourire. Très satisfait pour la fidélité de Boyer. Il était le commandant en chef de l'invasion et l'occupation de la Hispaniola. Se considérer comme stratège militaire le plus célèbre de la région caribéen. Après de faire un mot de passe à l'un de ses adjudants consister en trois battements de mains, et il a ordonné d'amener sa voiture à chevaux. Le galoper symétrique des chevaux qui trainent la voiture luxuese du Roi Jean Jacobe Dessalines coïncider avec la chute de la soirée du 13 décembre de l'année 1843.

II

LE MOMENT
DE LA RENCONTRE

La terre est agitée. Impitoyablement elle s'est calcinée par les rayons du soleil sans contemplation, malgré le l'hiver caribéen est à peine commencer. Devant le Palais Présidentiel il avait un mouvement inusite. Ils ont assis sous un énorme manguier, populairement surnommer"membre des toros" une conversation entre deux leaders politico-militaires. Alexander Pétion qui parler avec Boukman, qui vient d'arrivé de Kingston, Jamaïque.

L'objectif de sa presence en Haïti c'était de tracer un plan militaire contre la menace de la deuxième invasion de l'armée de Napoléon Bonaparte: partour courent les rumeurs d'un contre – attaque, d'une nouvelle intervention militaire qui se prépare à Paris.

–Monsieur le président, permettre-moi de vous informer que en Jamaïque, de même qu'à Cuba les rumeurs courent en disant que l'empereur français avait l'initiation de venir pour faire la revanche. A ce qu'on dit que Pauline Bonaparte est devenir plus folle qu'une chèvre. Son objectif c'est de convaincre à son frère afin d'envoyer une autre invasion pour punir a les haïtiens de la mort de son mari Victor Leclerc. Vous savez très bien. Mon excellence, que le Roi Christophe es capable de négocier avec le même diable pourvu qu'il reste afin de gouverner en Haïti nous devont être prudent, et attentif mon excellence.

Durant son parcours par les îles caribéens pour promouvoir la liberté des esclaves, boukmann vient d'arriver de Jamaïque à Samaná dans la zone orientale de Quisqueya. C'était le commencement de l'année 1788 les noirs du Sud des Etats-Unis étaient rassasié de l'explotation des blancs de L'Anglette. Dans n'importe quel endroit ils se trouvent bien. C'est pour cette raison un groupe des esclaves a faire parcourir la nouvelle, dans toute les îles Caribéens à propos des révoltes qui ont été formées à Lousiana, Etats-Unis, Brasil, et Portugal. La vague de la libération des noirs était allumé comme une Torche destructive contre les ignominies de la race blanche qui le martyrise sans pitié.

–Le Président Pétion a écouté avec attention les affirmations de Boukman et il a dit-

–Si par hasard elle arrive a réussir et obtenir une résulta favorable comme elle á toujours faire ça. Pour le moment nous sommes prit. Cette fois si L'empereur viendra préparer il ne risque pas sa vie pour un outre échec humiliant. ¡Hélas sera une honte pour le Puissant Empereur Français! ¡quelle tristesse de voir son armée très téméraire et triomphateuse, qui se retire Haïti vaincue et humiliée par une petite nation noire ! ¡Il ne faut pas oubliez çale dire Boukmann à Pétion si Haïti est écharperdans nos mains, ça signifie la démolition de l'empire Français et le discréditer de Napoléon dans le monde entier. L'empereur a dit si une autre révolution a former dans le caraïbe il viendra personnellement pour « mettre la main » avec son propre sable.Vous savez très bien il a toujours cumplir ce qu'il a dit. Nous ne pouvons pas permettre que l'Independence d'Haïti faire des pas en arrière. D'après ce que j'ai entendu à Santiago de Cuba, presque tous les cercles et toutes les réunions qui ont été celebré en Europe parle autour de l'humiliation et la décadence de Napoléon en Haïti.

Je suis d'accord Boukmann. Le répondu Pétion, pendant qu'il continu en disant ce qui m'a beaucoup bouleversé c'est que nous avons été trahir d'une manière effrontée. Tu sais très bien quoique nous avons aider a des nombreux pays de l'Amérique Latine a obtenir leur indépendance, mais d'autres ont été abattu par les leaders.Nous sommes rester seuls, complètement seuls, Boukmann. Il semple que tu as oublier que les Haïtiens nous avons aider a cassé les chaines d'esclavage des frères noirs en Amérique? Encore plus, je veux que tu saches contenu-Pétion que la plus mauvaise de toutes les choses, étaient quant nous avens été démandé à Simon Bolivar, de nous aider il avait été caché. Les sur nommes libérateurs nous avons laissé seuls,parce que nous étions une Nation Noire, Petite et en captivité. Cela lui fait peur à l'empire de Napoléon Bonaparte. Commet tu peux constater, la plus mauvaise nous ont arrivé. La nation a été divisée par les ambitions du clown, habiller en Roi, nommer Henry Premier Précisément c'est le moment que nous pouvons unifier l'île, les mulâtre s'unissent à les étrangers. ¡Quelle honte! −conclu Pétion−.

La ville de Saint Domingue était assiégée. Les soldats, avec les sacs à dos, avec des rifles, des mostiquers, des machetes et des sables ils sortent dans tour les coins de la Capitale.Vers l'année 1844, dans la deuxième quinzaine du mois de janvier.

Les espagnols et les métis qui peuplaient la partie L'est de l'île de la Hispaniola Etaient très habitués avec la présence de les Haïtiens. Cela fait vingt-deux années depuis que les envahisseurs continueront de gouverner la région. Inciter la langue et le système de justice Française. Le système d'éducation a changée. Quoiqu'il arrive quelques forces sporadiques de résistance contre les envahisseurs dans des différentes partie du territoire, il existe une conviction entre les dominicains seulement par un miracle la partie espagnol peux sauver du joug Haïtiens. Les créoles et les espagnols ont accepté l'occupation comme un "mal nécessaire". ainsi se laisse entrevoir que les deux hommes, en plus ils sont deux compères, aussi ils étaient au courant de la situation politique de l'île. Tous les deux se bavardent avec beaucoup de dissimulation dans la Place de la Misèricorde, là où commence la rue El Conde´ dans le centre de Saint Domingue. Ils étaient dans une de leurs moments de repos que les résidants de la capitale Dominicaine, passent endormir par les erreurs de la mère de la patrie qui cherche dans des autres endroits de l'or, la gloire, et des paroissiens.

Les protagonistes étaient deux fonctionnaires espagnols : Don Siméon Piedragorda, délégué et écrivaint du Parlement espagnol, et don Agripino Almonte Calvo, le juge civil de Cartagena, qui était venu dans l'île comme représentait du Parlement espagnol et qui resteéchoué dans le territoire à cause de l'invasion Haïtienne.

−Mon compère Siméon je pense que L'Espagne nous ont

abandonné parfois je pense qu'il-n-y-a pas de mal qui arrive sans le bien.

—Pour quelle raison, mon compère Pino?

—Boooon mon compère, regarde ça Haïti est une Colonie Riche et parce qu'elle a reçu touts les appuis de France. Certainement vrai, ce que j'ai vu lorsque j'étais au Cap-Haitien, il existe là une exploitation sans pitié contre les noirs. Dans ce ça nous ne pouvons rien faire. Nous sommes limités de protester et a caquêter comme une poule. Nousattendrons que la Mère de la Patrie se réveiller de son sommeil, pour l'amour de dieu, pour les indiens qui sont morts et a l'or qui sont emporté. Nous sommes dans une léthargie. Endormir dans le temps. Mais le monde continu son avance-mon compère. Noud sommes dans le nouvo monde, pardon, je veux dire l'hémisphère occidental, avec l'épée, la croix et la recherche de la gloire pour les rois catholique c'est l'équivalent de l'empire espagnol. Seulement nous sommes rester avec la croix et les églises. Mais les prières ne sont pas suffisante. N'oublie pas mon compère que le credo et l'ave-Marie doivent marcher côte à côte au mélanger avec des Pierres. ¡Sans offenser notre sacrement mon petit compère! —ajoute Don Agripino, en faisant le signe de la croixmais si par hasardtu vois venir ce taureau méchant l'à bà qui mange des herbes, tu te limite a faire la prière magnifique et l'aveu mairie au un je crois en dieu le père. Je te jure que le taureau vient par-dessus afin de clouer ces cornes jusqu'au fond de ta ventre. Mais, si en plus de faire la prière, le lancer quelques roches au bien trois pierres rustique l'animal se repentira de son attaque mon petit compère.

—Avec les yeux presque sortir, monsieur Siméon Piedragoda, celui qui pour le respect envers son compère il n'a rien dire afin de ne pas le contredire, en dissent :

—Quel désastre! ¡Jésus, Marie Joseph! ¡éloigna-moi ce taureau méchant, saint éloigner! ¡je te promettre une pénitence de marcher à pied depuis la place de la miséricorde jusqu'à la savane des morts, si tu me protèges de ce taureau noir et méchant!

—Du calme, mon compère, ce n'est pas vrair, ce que je t'avais dire c'est un exemple. Monsieur Agripino avait, donner àSiméon un sur nom de puis son enfance, lorsqu'il l'appel parce nom il a sourire et se calmer un peut. Mais il le répondu.

—Merci mon compère Pino! ¡ Vous m'avez présenter une image très visible! Ça me fait peur quand je pense que les cornes et les mugissements de ce taureau noir peuvent transpercer mes tripes.

—Monsieur Siméon dans ce moment passe la main sur son estomac comme s'il avait sentir les pointes tranchante de cette bête clouer dans son intestin, et il ne peut contenir, et ajoute:

—Quelles blasphèmes très grande sont les vôtres en mélangent les prières de la mère de l'église avec les cornes d'un animal féroce!

L'homme a faire un signe de croix avec les yeux exorbités comme une sorcière effrayée. Mais le monsieur Agripino Almonte Calvo parle jusqu'au coude sans limite. Et en plus il a commencer a attaquer a ceux qu'ilspence qui sont les responsables de ce quiavait passer dans le territoire espagnol.

C'est pour cette raison il avait dire a son compère Siméon.

—Avez-vous remarquer antérieurement que les aventuriers de L'Europe disent "dieu me conduire à la Hispaniola". maintenant ceux qui vient d'Amérique disent "dieu me conduire à Mexique, à Lima, au à Cartagena" Evidemment personne pas même penser de visite, SaintDomingue, parce que nous n'avons pas des mines de l'or pour les Européens. Que direz-vous mon compère?

—En réalité, je ne peux pas te dire rien, mon compère Pino. En plus vous avez très bien que je ne suis pas l'amie de la politique affirmé, il regarde par tous à l'affût de crainte pour s'il y a quelque traître qui est a l'écoute. Il continu avec prudence je sais que de la couronne de la domination de Fernando et Isabel seulement nous ont rester avec la croix et les temples, qui sont presque vides par manque de prêtres pour faire la confession et des âmes pour condamner. Nous savons que les prières ne sont pas suffisantes pour améliorer la situation. Qu'est ce que nous pouvons faire mon compère?Les Haïtiens nous ont envahissent, parce que c'est une nation qui a beaucoup d'expérience en matière de guerre. Ils nous ont saisir d'une négligence, et nous ont surprendre comme si nous étions des patates griller. Il y a beaucoup de temps qu'ils ont été Emancipes. En deuxième lieu, le pouvoir militaire d'Haïti est supérieur à leur nôtre. N'oublie pas mon compère Pino, aufond de tous cela il y a un affrontement entre la Fance et

L'Espagne. Elles sont les deux géantes et nous sommes leurs vassals au milieu de la mer du caraïbe. Regarde ce qui avait passerà Victor Leclerc. Oui, mon compère, je faire allusion à "Pepe Botella" qui était le beau-frère de Napoléon Bonaparte. A ce bavard ont l'avait bruler ces fesses dans l'île de la torture. L'humiliation était grande pour la paissance et la fière de France. C'est pour cette raison que les "sabelo todo" de Paris qui a toujours l'intantion de couvrir le soleil avec le doigt, ont a faire une propagande mondial en dissant que l'échec de l'aimée française en Haïti c'est le résulta de la fièvre jaune. ¡Quelle sottise sont mon compère! Cette chose ridicule est arrivé très loin, et les gents ont affirmer que la mort du Général Leclerc est pour l'amour de son épouse Pauline Bonaparte, parce qu'elle est dévernir folle dans la terre de rara, de merengue et de voodou. Mais tous les gents savent très bien que cette saleté de peste et la fièvre jaune c'est une petite bambine de les puritaines Français. Sous le serment devant la sainte hostie, les plus stupides ont arrivés pour accuser a les puissants magique-africains comme les responsables de l'annihilation de L'Armée Napoleonico en Haïti n'oublie pas lorsque quelqu'uns sont vaincu ils sont des orphelins. Il n'y a personne pour les appuyer. Il y a un proverde qui a dit :lorsque l'accouchement est mauvais la sage femme est accusée. Je veux que vous constater dans cette conversation historique, mon grand-père était médecin de infanterie Salustiano Rodriguez Campoamor il était entrainer dans la coupole de la couronne d'Espagne. Il est venir pour habiter dans la ville de Santiago de los Caballeros, dans le centre de Cibao. Là où il est tomber amoureux d'une belle Cibaeña. Comme il était très amoureux d'elle, il n'avait pas écouter les conseils de se protéger contre les haïtiens qui se trouvent partout, à propos de tuer et emporter à hommes et femmes comme prisonniers de guerre. Dans une nuite que la lune se ressemble à une ampoule énorme dans le firmament quisqueyano, a été enlevé par une patrouille militer lorsqu'il se trove sous un pied d'orange aigre parce qu'il était « embrasse et dévorer sa fiancée de baisers » un jeune homme qui était un nouveau grandeur de l'université de Sevilla. Est obliger d'aller de servir comme medicine pour l'armée commander par le Général Leclerc. Grâce à sa ruse il arrive a connaitre à Pauline Bonaparte de près, cela lui a sauver la vie aussi il est l'uns des peux qui avaient échapper avec Pauline et avec le cadavre de son mari, afin d'empêcher que les révolutionnaires mulâtres, les noirs et les sauvages ne leurs pas brûler vivant.

La conversation est terminée par un messager qui est venu pour annoser un évènement avec toute les forces de ces poumons.

–Les hommes vaillants de Saint Domingue, maintenaint levés-vous! Je suis, Philippe Hermosillo, lieutenant de infanterie et chevalerie, je vous ordonnez au mon des Rois Catholiques de la Mère d' Espagne! Ficeler bien vos caleçons! serrer bien vos pantalons et ne soyez-vous pas lâcher, parce qu'il a produit un soulèvement révolutionner contre l'occupations des Haïtiens! A combattre contre les congos! Elimin-ons nous à les zombies de Boyer! La capitole Dominicaine est allumée! Vive la Couronne Royal du Majesté, la Reine! Mort pour les haïtiens et pour les maures¡

L'officier a continué avec sa ribambelle d'épithète, de faire appel au courage de les créoles, de les mulâtres et de les espagnols pour qu'ils se soulèvent en rébellion contre l'occupation Haïtienne pendant ce temps, son cheval fougueux donne des culbutes en lanssant des cries aigus par les imprécations et les coups des éperons par le militaire qui le monte, parfois l'animal arrêté sur ces deux pieds pour enseigner ces gigantesques muscles. L'animal cabre se ressembleà le Cavalier de Troya. Pour l'officier le coursier était sous ces contrôle mais, tout d'un coup il a vu à une jument, il a commencer de hennir de nouveau un peut indifférent à ses souffles. C'est comme si rien n'était pas passer au tour se tranquille animal, il a limiter de secouer ses fesses, il a cantinier de sentir l'herbe qu'il mange avec sa tête baisser et sa copieuese queue levée. Sa queue le servir comme des fouets pour chasser les mouches et autre insectes qui le pique les fesses, et de sucer sa sang. Le cavalier, de même que le cheval se rivalisaient pour gagner la course. Mais quand l'officier se rendre compte de la situation pour éviter de tomber sur l'animal, il a retirer son épée afin de se débarrasser contre les dangers qui se trouvent dur la route immédiatement, il a lancé dans l'air le document pour annoncer le début de la guerrela enfroncer les éprons jusqu'aucuisse de l'animal. Lorsque le cheval à éprouver le picotement du bout d'acier qui a commencer de pénétrer et de couper les nerfs et ses côtelettes, désespérer par la douleur il a diriger dans une direction de la colonie de santa Barbara, au l'officier de la couronne espagnol est venu. Dans sa fuite un peut furieux comme une bête féroce, l'officient de l'armée créole se langer avec son épée en main contre trois mulâtres et deux curieux espagnols qui jouent des dominos sous un arbre tout près les grottes des hirondelles à l'antre de San Carlos. L'Homme a fait appel:

—Ne soi pas indiffèrent, parce que la patrie a besoin de toi. N'oubli pas pour les envahisseurs Haïtiens le couleur na pas d'importance! ¡Comme je suis le fils de la Patrie la même patrie Levon nous en défense de la couronne d'Espagne¡

Le voyage est désespéré mais il continule militaire se sens frustre par un commerçant grossier que fuma avec indifférence un gros tabac importer d'Europe le crier.

—Il ne faut pas comme un négociant lent! Ramasser ta panse, envelopper tes corps. Serrer tes caleçonset lance-to! Pour defendre la reine, la mère de la patrie!

Avoir peur pour être précipite par le cheval emballé, devant les cris de guerre des mulâtres et les espagnols qui courent comme s'ils ont vu le diable. Emporter par la désespération le pantalon de l'un des persécuteurs est tombe parce qu'il avait sa fesses comme une plaque. Comme il était peur, comme chevreau par la criaillerie de l'officier et les énormes pieds du cheval, il a décider de faire un peut d'acrobatie. Se l'anser demi-nu dans un puits très connu dans Saint Domingue la "Laguana del Caiman" pour l'espagnol lasalissantede la rivière c'es peut de chose vaut mieux que l'un des animales amphibiens le dévorer par morceau avant que le militaire l'attraper.

En attendant pour le lieutenant Felipe Hermosillo, la scène n'a pas produit de plaisir à lui, il continue de brillér son épée par tout son poumon il a crier:

—Enlever-toi de mon chemin parce que la patrie est en guerre! Vive les rois catholiques! Qui combattrent au nom de la reine Isabel de castilla! Ne sois pas lâche! Allons nous afin de briser le cœur de les haïtiens, il faut les arracher…!

Les Hennirs de 1'anima1 fougueux a empêcher d'écouter la demièrepartie de les maudites que le militaire a conjurer. Dans ce moment le corpsélégant du cavalier espagnol se voir dans l'air dans un saut en hauteurspectaculaire de son poulain c'est comme s'il était possé de par lucifer. Sescris de vigueur sont transformés en ouvrir et fermer les yeux, et gémir dedouleur, suivi 1e corps qui descends en chuter avec les pattes en sensdessus-dessous. Les pleumiches du militaire espagnol ont étaient lentementavec ces phrases:

A la lutte espagnole! Mort à les envahisseurs d'Haîti! Pour la vierge deMacarena ne sois pas lâche n'oublie pas que les zombies ont venu del'Afrique! Serrervos pantalons! Espagne a laisser de faire la pitrerie!

Une poussiéreuse de grande proportions est restée comme preuve d'unchahut qui a été forme et se courir comme un nuage noir, les ruelles de la Capitale Dominicaine.

L'occupation militaire de les haïtiens était le plat du jour dans tout leterritoire de la Hispaniola. Tous les gens ont parlés de cette invasiond Haïti une génération de vingt-deux années passées en présence de lestroupes des envahisseurs et l'indifférence de la mère de la patrie. Lesfonctionnaires de la monarchie en Santo Domingo ont maintenir cesplaces et sa lignée social parce que 1'ile n'à pointd'importance pour L'Espagne. Il' n'y avait pas personne pour faire aucuneréclamation et non plus il n'y a pas celle qui est responsable de leur payerpour son travail. Les monnaies qu'ils ont obtenues, se sont dépensés dans lesbanquets et les divertissements quand le général Boyer se le permettre c'estce qu'ont a écouter dire le déponer Gouvemer Espagnol FelipeFuenteseca, et le maire de saint Domingue, Enemeterio Cabeza de Torro.

_Monsieur le Maire-a dit le Gouvement il me semble que nous avonsnégligés avec les Haïtiens.

_Monsieur le Gouveneur, vous savez très bien que la Monarchie
Espagnole nous ont laisser seuls, bien que nous avons plus de territoire que les Haïtiens, mais nous avons moins d'habitants. Le pire de tout celac'est que Boyer a dit que «l'ile la Hispaniola est une seule et indivisible».

Reconquete de l'orient. Mais tout etait prevu; de meme pour ce qui n'ira pas passer. De la campagne à la vile on a écouté une seule voix.

_Les garçons ne peuvent pas plus! L'ile est un seul pays!

L'Union faire la force! Saint Domingue et Haïti c'est la même chose!

Les tambours continuerons leur travail de chauffage et l'excitation de la multitude noircie par les congolais d'Afrique et les mulatres creoles, fruits de violations de les noires par les patrons blancs. Ceux-ci avaient eta amperés les biens et les proprietes de la république d'Haïti.

- Pum! Pum Kutu-Pum! Puni! Pum! Kutu-Pum! Pum! Purn!

Bien que beaucoup ont vulu de refuser le fait ce n'est pas pour une simple coïncidences, parce que le même jour, a la même heure, sept haïtien avaient nés, tandis que quatre etaient morts dans de différentes région du plays parmi eux it y avait un couple de siamois qui est venu au monde. Mais s'ils sont séparer, ils ne peuvent pas vivre parce qu'une partie etait une femelle et l'autre moitie était un male. C'est une affaire de coutume que beaucoup d'haïtiens ont enterré leurs morts en dansant et, paradoxalement, ils pleurent pour ceux qui sont venu au monde. Cela consister dans les pénuries de les esclaves enchaines en Haïti par l'empire français. Ceux-ci sont les faits les plus terribles que certaines races ont supportés dans l'histoire de l'humanite.

Oh mon Papa! Oh mon dieu! Iqu'est ce que vous voulez? Si vous voulez des zombies je vais vous le donnez! De suis faim, mon dieu! Vous emportez a. Andres le cultivateur parce qu'il avait vole un cochon! Vous avez transforms a. louis pie a une vache, pour être un traitre, et pour être un fastidieux! On mon Dieu qu'est ce que vous voulez?

III

CE QUE LES ESPRITS ONT DEMANDE

En ce jour la, le soleil des siècles des haïtiens avait décidé de sortir vers l'occident. Joseph François Casablanche qui avait été sauvé d'une grande extermination, de la grande massacre de les haïtiens dans la ligne de la frontière. Maintenant il entonna avec une efficacité sans pareille les chansons que les autres musiciens ont toujours répète. Tous ces instruments ont été frappés à un rythme très parfait. Ces doigts ont été dirigés par les mains de les dieux africains. Ce qui écoute ces chansons n'accepte pas que cette musique provenait de ces tambours et de ces commets. Les instruments ont été fabriqués avec la fourrure des animaux marnières, qui avait dénudés pendent qu'ils étaient vivants sans n'être pas castrer pour éviter que le pouvoir de lâchaient la magie du lait ne s'échappe pas dans sa peau. C'était vraiment incroyable que cette musique s'extraire par ces mains calleuses par la coupe de la canne à sucre et le ruisseau des champs. Mais ils étaient les purs c'étaient ceux qui avaient de survivre pour les sicles et des sicles a l'attente de l'arrivée du moment de la «libération, de la propreté et l'exorcisme d'une Unification Totale. Tous les leaders étaient présents en ce moment là: Joseph Français Casablanche, Mister King le forgeron, Maurice Le Barbier, Gallieni Dubuche le Professeur, Tenampa l'horloger le docteur Peservoir, Juan Luis Gaga et Petan Trujillo le général. Ponctuel comme toujours, Ulises Hereaux était aussi présent. Avec son armée rayonnante qui ressemblé à des nuages. Leurs présences dans cette journée est correspondre a la demande de les esprits. Mais l'attention était plus attiré sur Marie Antoinette Chevalier, parce qu'elle se pavané d'une joie orgueilleuse, et remuée ses fesses comme si elles étaient deux gigantesques citrouilles. L'extravagante dame a été accompagnée de Métrisais et sa inséparable' sœur Chango fine et élégante avec un sourire séduisant a tous ceux qui fréquentaient le Palais de Saint Marc. Affairée avec son épatant plumage entremetteur et frustré. Afin de donner une touche d'élégance typiquement Française, la matrone s'est fait accompagnée de son fidele et robuste serviteur Orin Pie ce robuste esclave noir et sylvestre a été acheté par la madame lorsque son époux a fabriqué un moulin de canne à sucre aux les alentours de Cap-Haïtien. Elle s'enorgueillit d'être la Patronne D'Orin Pie.

Mais ces amies faisaient courir le rumeur que madame Antoinette tétait une dame avare parce que qu'elle avait seulement payé. La bagatelle d'une chèvre et deux petits pores comme paiement pour, ce sauvage. L'exesclave, était le centre d'attention de tous les présentas á cause l'éclat de sa peau et la blancheur de ses dents, et se gesticuler d'une manière fière, ses mains gigantesques semblable a deux tenailles de soie noire. C'était le jumeau de Joseph Français Casablanche, le timbalier-mojor dans les fêtes des zombies. Sa peau de velours c'est une preuve vivante qu'il n'a jamais faire des travaux forcés «nunca habia bajado el lomo ni habia dado un golpe» c'est l'expressions populaires en ce qui concerne a une vague pernicieuse. Ainsi allait Oriane Pierre, derrière la dame, serviteur cultive, connaisseur des dizaines de pays. Il à toujours accompagné Madame Chevalier comme un chien limier come un canin passionné derrière sa maîtresse qui a une place la plus haute dans la société de Port-Au Prince.

Quoiqu'il y a de nombreux fonctionnaires qui sont des opposants, mais personne n'a pas l'intention d'interdire que les haïtiens faisaient leurs activités de "Rara" durant la semaine sainte dans tout le territoire national.

D'autre part le gouvernement Dominicain ne fait pas aucun obstacle sur la coutume rituelle. C'étaient des expressions culturelles enracinées à travers des siècles et la manière de vivre «les Haïtiens. D'ailleurs la pratique du «Rara» et le vaudou sont des fuites à l'exploitation de les immigrants Hattiens. Les fils de Petion et de Dessalines avaient traversés la frontière à la recherche d'un «Rêve»

Dominicain. Mais ils se trouvaient avec le cauchemar de l'exploitation de les moulines de cannes à sucre dans les champs et dans les plantations de cannes de Quisqueya. Le gouvernement de Rafael Trujillo avait fermés le yeux devant l'influence des réligions africaines apportées par les immigrants de pays voisin. Le chef n'omets aucun détail contre les attaques de l'église. Certains archevêques ont demande à cornet à cri une extermination; Et l'élimination des les rites africains. D'autre part voudrait une répétition de l'inquisition qu'elle avait parraine durant les siècles derniers. Pour beaucoup de prêtres, les danses de «Rara» et les cérémonies de vaudou se faisaient avec de libertinage. Les rituels que les haïtiens avaient célèbre c'était en l'honneur de les dieux afin de les aider a supporte les épreuves comme immigrants dans un pays que seulement ce qui l'intéresse c'est sa sueur, et sa force de travail. Le Gouvernement Dominicain avait l'intention de retirer plus de bénéfices aux cultures de la canne à sucre ave les pénuries de les travailleurs haïtiens. La fête de «Rara» est Toujours coïncider, avec la semaine sainte établie par I l'église Catholique, Apostolique et Romaine. Cette institution a un pouvoir énorme sur la République Dominicaine et Haïti, ne pardonne pasle président Rafael Trujillo pour son indifférence envers la pratique des religions africains qui envahissent le pays à travers la frontière. L'officier supérieur était un conjuré maudit une et mille fois par plus de quarante mille familles haïtiennes envoyé par lui-même, sans aucune proposition au monde des zombies. A ce munde, d'où la réalité s'était réunit avec la magie d'anisa, de Papa Condelo, de la vierge et de les saints, d'où le zombie imposa sa volonté et son érigne.

_Alou! Alou! Son excellence, j'aimerais faire une conversation avec vous au sujet de «L'opération de nettoyage» que vous avez ordonné pour qu'il ne reste pas un seul «petit salé», non plus que se survécu pas même un seul Haïtiendansla frontière avec sa peau noire. Le Vatican a émis un communiqué la distribution sera dans toutes les embrassades et les dotations consulaires du munda. De sortes que je crois que, avec tout le respect que le professer a vous Son Excellence mon révérend, que l'affaire méritait d'agir avec urgence. Ainsi nous serons préparer contre les attaques diplomatiques que proviennent de ceux qui utilisent la diatribe politique pour critiquer le gouvernement dans les forums internationales.

C'était la voix douce et glissante comme la soie l'envoyé spécial du Généralissime devant le Saint Siège de Rome. Le Docteur paquin Réservoir c'est pour la première fois qu'il osait de rompre le protocole et avait appelé le Généralisme Trujillo dans le palais dominicain. Mais l'affaire était urgente. Il fallait communiquer la réaction de la campagne internationale du Vatican. Les autorités ecclésiastiques avaient vu l'opportunité de démolir la dictature qu'eux-mêmes avaient appuyé par moyen de ses réprésentations, ils ont employé toute sorte de chose encombrante politique et diplomatique. Le supérieur (El Jefe) était furieux et sans control.

Quelles plaintes niquel zut! La voix autoritaire du Généralissime Trujillo s'est écouté. Non ne me dit rien de ce pauvre type que le Pape Pio XIII maintenant a l'intention de mêler dans mes affaires. J'ai le droit de gouverner cette Nation à mes volontés. Si a une supposition à l'église Catholique ne veut pas rester parici pour voir les zombies, les cérémonies de «Rara», à les sorciers et à les guérisseurs Haïtiens et Dominicains que s'emportent les prêtres en soutane à embobiner à autres qu'ils se lâchent et se mètrent à frire des mouches. D'ailleurs, çà m'enchantent mes dépouillements avec les sorciers et çà n'intéresse à personne m'entendu bien Paquin? J'ai dis a Personne! J'avais ouvrir les portes à l'église Catholique c'est parce que ma famille m'avait demandé çà. Mais maintenant la sorcellerie et le vaudou çà commence à m'intéresser. En plus, tu sais très bien que mon compère Pancho Duvalier m'avait baptisé dans le vaudou. Est-ce que tu as oublie que tu étais le parrain de mon baptême, Paquin? Ne me dire pas que tu as l'intention de faire comme beaucoup, des fonctionnaires de mon gouvernement, qui attaquent à les sorciers dans les tribunes publiques mais en cachette ils se font aux butins tu sais très bien que les ministres de ce pays ne vont pas tourner aucun coin sans avant de faire un nettoyage, un dépouiller ou accrocher une amulette.

Le supérieur (El Jefe) était très furieux. Il continu en disant:

- Les curés et les archevêques m'ont faire rire, Paquin. Ils ont l'intention de me faire tomber parce que je n'avais pas éliminé avec le vaudou et la sainteté. Mais ils ne savent pas que d'entre les plus hauts fonctionnaires de l'église il y a beaucoup qui sont plus de fanatiques que moi—je veux que tu saches, que quelques jours de çà j'avais rencontré un archevêque lire une tasse chez la sorcière Chemba Cienfuegos. Quand ce bavard, m'avait vu, s'est transformé tout blanc comme un papie et tremblant, durant le temps qu'il me faire la salutation; il me dit «excellence, ce n'est pas ce que vous pensez. Je suis ici là c'est pour prendre un peu de relâche et voir si réellement cette sorcière connait bien l'affaire elle m'avait offrir une tasse de café, et me dit qu'elle veule me lire la tasse. Je te jure mon Généralissime qu'elle ne va pas me dépouiller. Que les saints, m'échappent des travaux spirituels de Chemba Cienfuegos! Regarde comment se remuées tes fesses soit pour m'épouvanter les mauvaises tentations. Que direz vous de ça, monsieur le Président?» Le Président Trujillo se mettre à rire comme un chien qui grogne. Et il a ajouté.

Croire moi que l'archevêque n'osait pas de me passer la bague afin de faire la bise. Il a bien fait parce que je te jure, Paquin, s'il m'avait offrir le doigt je le mordais la main complète pour qu'il ne soit pas un menteur. Je te jure, en écoutant toutes ces baveuses les urines étaient presqu'au point de sortir à cause l'idée du l'évêque de la capitale. Tu le connais très bien parce qu'il m'avait toujours dit que tu es un candidat approprier pour n'emporte quelle circonstance. Il m'adit aussi que tu est utile même pour les remèdes parce que tu est Fidel comme un petit chien aveugle.

Le fonctionnaire était pétrifié avec le monologue du Généralissime Rafael Trujillo. Le président de la République Dominicain a continué comme si rien n'avait été passé.

- Donc, je dois te dire que Johonny Abbes et son corps d'intelligence

Ce n'est pas des espions crimineles comme quelqu'uns de mes ennemis ont toujours dirent — j'avais recherché; après, que l'évêque de saint Domingue avait demandé son déplacement pour le Vatican Romain. Il lui a promisd'accomplir aux services de tous les saints qui avaient dans les autels de les temples. Il voudrai qu'on l'envoyer à Cartagena dans le sud d'Amérique, avant de faire un n'ettoyage dans le coin au pour bien dire, avant que l'un des serviteurs de mon gouvernement Lansa son cadavre dans un réservoir de fournis d'après les cancaniers ceux sont les hommes que j'avais à San Cristobal pour torturer à mes ennemis. Quel qu'uns m'avait dirent que le religieux avait faire des pipis dans ses pantalons de la peur très grande lorsqu'il a vu mon arriver à l'improviste, de surprise et sans escorte à la maison de ma cousine Chemba Cienfuegos. Plus tard c'est Johonny Abees qui m'avait faire comprendre que les pantalons ne se voient pas mouillés parce qu'ils sont couvrir par la soutane. Maintenant je connais très bien l'autre face de la monnaie. Alors si l'évêque de Rome à l'intention d'apporter l'affaire de les sancions contre mon gouvernement, à coup de pieds je vais le mettre dehors du palais. Comme j'ai déjà donne une leçon à le canadien le Monseigneur de San Juan de la Maguana. Ce condamné a sauvé sa peau c'est à l'aide de Petronila Chevalier et de son Mari Filemon Lavapie. Qu'il donne des remerciements à la Bacà de Filemon et la sagesse de ma cousine Petronila! Tu sais très bien que cette cousine c'est une savait toute, et une savoir-faire. Pour cette raison j'ai l'aime tant. Et ne pense rien au contraire Paquin.

Le Docteur Réservoir était stupéfait, paralysé, pendant qu'il écoutait, et n'osait pas interrompre le monologue de la furie qui sort dans la bouche du président Trujillo, qui a ajouté:

Je te jure si le magicien et le bigot n'étaient pas à la faveur de l'évêque de San Juan, je l'avais envoyer à la prison de sisal, dans la vallée de la tranquillité pour toujours. Maintenant, au lieu de critiquer mon gouvernement, hors l'âme d'un purgatoire. Parfois je me demande, pour quelle raison zut j'avais accepté la participation de ce couple de guérisseurs dans l'affaire? Le curé a été sauvé à quatre pattes! sil n'était pas échouer pour peu, pour un tout petit! Ja, Ja, Ja, Ja, Ja! Te souviens de ça Paquito?

Ses intermittents rires aux éclats se ressemblent avec le hennissement d'un cheval. Le docteur Paquin réservoir n'avait pas répondu parce qu'il savait quand le Généralissime Trujillo l'appel par son surnom le mettrait dans une confusion dangereuse au une affaire sérieuse. Effectivement, Trujillo avait penser de déplacer les fiches de son gouvernement le docteur Réservoir devrait obéir comme une petite brebis.

Il N'existe personne qui oserait contredire les ordres du supérieur (El Jefe) ceux qui étaient capable de faire le contraire avaient déjà "les os blancs." Il avait de l'herbe très haute au-dessus de la sépulture, ils avaient passé à une vie meilleure, d'après l'opinion du peuple.

- Ne te fais pas de souci, Paquin, je sais ce que je vais faire. Je veux que tu parts dans le premier avion pour Saint Domingue, j'ai besoin ta présence ici à la brièveté le plus vite que possible. Vas à l'aéroport je vais appeler à Ranfis qui est là-bas à Miami en faisant la bringue, comme toujours, pandent ce temps je suis ici dans une lutte contre les communistes en dedans et en dehors. Tu vois bien je ne peux pas confier dans mes frères commencer par Petán, comme conspirateur et envieux à celui que je n'avais pas arracher les tripe parce qu'il était caché entre la jupe de la vieille Mère.

- Tu crois que je peux dormir tranquille? C'est pour cette raison que tu vois que je suis déguisé comme une femme pour éviter les trahisons. Ce n'est pas pour rire. Toi aussi tu es comme la chatte D'Angora qui crie lorsqu'on la donne, et pleur lorsqu'on ne la donne pas. Là en bas en bas comme tu es, en tournant ton chapeau, tu est plus savant qu'une plume. C'est pour cette raison. Que je dors avec un œil ouvrir et un autre fermé. Bien que ce n'est pas pour toi que je parle, Paquin. Je te jure di demain très tôt, je vais casser ces fesses, et aussi à sa mère. Jete conseiller de ne les pas cachés. Je sais très bien que tu est un tolérant. Je suis dans une lute de vingt-quatre heures de temps contre les religieux habillés en soutane ce qu'ils manière. Ils se réjouissaient le jour que je serai avec les pattes vers l'avant et les pieds en sens contraire Parfois je pense que ce déconsidère n'est pas mon fils parce qu'il a vautours ce que les gens ont fait pour briser les pays et mon gouvernement et il n'rien faire pour m'aider.

UNIDAD 3

IV

La Grande Journée

À travers le pas de les minutes, le Président s'est déplacé dans une colère noire. Il a l'air d'un taureau combatif. Les paroles qui avaient sortir dans sa bouche s'était comme des dagues infernales.

_Je veux que Johnny Abbés, avec tout le service secret, le mettra une surveillance durant les vingt-cinq heures de temps par jour! Parce que dans ce pays j'ôterais et materais-je le temps comme ça me plait, c'est pour cette raison que je suis le Chef de tous les Dominicains! Il n'existe personne qui peut me contredire. Si c'est un Dominicain, quoiqu'il se trouve en Europe dans l'océan indien il doit me respecter. N'importe quel qui a entendu prononcer mon nom tout de suite il a envie de faire de pipies dans ses vêtements! Les militaires étaient paralysés. Personne a osé de le regarder dans les yeux. Le Généralissime faisait des tours dans le salon du palais comme s'il allait faire une inspection à un bataillon de guerre, en même temps il donne des petits coups avec le fouet dans les bottes brillantes de crocodile qui l'arrivaient jusqu'aux genoux. Ses yeux sont semblable à ceux d'une couleuvre à l'affût qui regarde ici, et qui regarde là-bas. Ses pupilles brillent comme deux braises de charbons ardents. Il se ressemble à le jumeau D'Adolfo Hitler. Dans une occasion, Trujillo voulait faire plaisir avec le gouvernement de les États-Unis, en 1944 il a déclaré la guerre avec Allemagne. Le télégramme informatif est arrivé dans les mains de Hitler. Ceci le mettre en fureur. Se devenir rouge comme une tomate. Le Tyran a ordonné immédiatement une carte «Mappemonde» de la République

Dominicaine, personne a osé de le défier. Hitler était furieux parce que la carte de la nation belliqueuse n'apparaissait pas. Le ministre de l'aviation qui avait volé en espionnage sur les zones Antillaises Majeures, où se trouve l'île la Hispaniola, il a retiré dans sa petite valise une carte. Le tyran l'arraché aves des colères il la étendue sur la table du commando. Quand le stratège en géographie avait signalée le centre du Caraïbe où apparaissait le diminutif point géographique de la République Dominicaine. Le dictateur Allemand s'est transformé en un bigeux de la rage et de la surprisse de voir une île aussi petite comme la Hispaniola avait défie en guerre à l'indestructible Nation Européenne. Visiblement déranger, Hitler a lève la main pour son salutation particulière ses adjudants faisaient claquer ses talons dans le bunker de Berlin. Tous ont criés à une seule voix: Hail Hitler! Longue vie pour le Tyran!

Les Adjudants Militaires attendaient seulement un ordre D'Adolfo Hitler a fin de donner une leçon à n'importer quelle Nation Caribéen on Latino-Américain qui a oser d'affronter à la République d'Allemagne. Il surffit d'un simple d'ordre du Tyran afin de réduire en poudre la Hispaniola avec une fusée. Le silence était absolu dans le salon du commande. Á l'improviste les yeux sautillants de Hitler s'apaisaient un peu. Son visage a changé. Se voyait plus tranquille. Il resterait avec sa main levée. Devant l'étonnement de ses adjudants, il faisait des tours. Lentement. La paume de sa main droite est restée vers le plafond. Avec un sourire astucieux qui avait échapper du côté gauche de sa bouche, il a fermé son poing. Il a enlevé le doigt majeur. Le visé vers le ciel. S'est resté avec luis levé comme une façon de mentionner «la Mère» du Généralissime. Ensuite il a incline le doigt. Il a placé le doigt sur la carte de l'île de la Hispaniola le bout du doigt d'Adolfo Hitler avait couvrir aussi la République d'Haïti. Après un grotesque éclat de rire qu'un Général allemand avait commencé, tous avaient ri de la façon que Hitler avait moqué la déclaration et le défi du Dictateur Dominicain. À partir de ce moment on non plus mentionner ce thème dans le cabinet du Tyran Allemagne. Mais de cet épisode de guerre et diplomatique à surgir la haine que le président Trujillo a gardée contre Hitler pour le reste de sa vie. Il a emporté ça dans la tombe. Le gouvernant Dominicain avait imité les mouvements, les vêtements et la personnalité du redoutable et puissant Adolfo Hitler, pour celui qu'il a tant de jalousie.

_ J'ai dit vingt-cinq heures de temps parce que je veux être sur mes gardes. Je ne veux pas qu'on m'attraper de négligence comme des patates en rôti. Pour moi il n'existe pas ça: la crevette qui dort sera emportée par le courant d'eau; loin de là elle sera attrapée par Goya et sera vendue en boîtes de conserver à les consommateurs. Avec mon gouvernement personne ne peut pas jouer, à dieu zut! Je ne veux pas que les «curés» provocants ma patience parce que je connais très bien à un boiteux lorsqu'il s'est assis et l'aveugle lorsqu'il dort j'ordonné que les montres seront bien ajustées! Celui qui dort durant la surveillance, soit policier, rapporteur, garde ou général de cinq Etoiles, il faut retirer ces yeux et jeter-les á les chiens pour qu'ils ne soient pas des lâches ni des négligents. Ici je veux que les générales aussi seront inclus ça le servira comme exemple, parce que la loi commencera par la maison. Oui, j'ai dit les générales¡

Trujillo avait l'habitude de montée l'intonation de sa voix c'était une habilité d'allonger les paroles afin de compléter ses longues prières. Le dernier vocable était sortir et poussé par la forteresse voix forte et autoritaire. Cette fois les «générales doivent faire retentir de mur à mur, et zigzaguant par la force de l'écho et l'enferment de les énormes murs du palais national.

Fabiooooooo! Fabiooooooo! on a écouté la voix du Président qui a ordonné.Viens vite au téléphone et dire à le Secrétaire Pontifical que je suis dans la toilette. Dit lui que je retournerais l'appel le plus vite que passible.

Le chef Dominicain avait été emparé par le cynisme. D'une manière de lancer de l'étincelle à cause de la colère, le gouvernant quisqueyano s'acheminer vers la toilette du palais. Le Généralissime allait en marchand avec son uniforme brillant. En même tant, il lâchait la ceintur du cuir de coulèvre africain que le Général Piro Estrella l'avait d'onné en souvenir comme un porte-bonheur.

Entre le ronronnement de les paroles prononcées avec la voix enrouée tout simplement on a écouté:

Maintenant je dois faire un effort pour me Débarrasser de cet uniforme qui est tellement lourd, avec tant de médailles et de décorations! Par fois je me demande après les salutations des flatteurs, si c'est pour cette raison qu'ils me dirent que je suis l'unique Président du monde qui vaut la peine. Le pays s'est foutu le jour que je serai absent! Maintenant tout ce qui est vivant se croire qu'il est possible pour être Président. À les dominicains ni le médecin chinois le sauve, ni non plus mariquita avec sa baguette sauvera ce pays, lorsque ma patte s'est étirée suspendu les tennis o passer a une vie meilleure.

_Le Président se trouvait déconcerté pour les événements qui étaient passér. Pour cette raison il continue de lancer des foudres et des étincelles durant son monologue. Ses bottes claquaient tout au long du couloir qui conduit vers les sanitaires de son excellence et les dignitaires (invités) du monde.

Il semble qu'il n'y a pas des d'hommes vaillant dans ce pays je suis obligé de prendre à la charge de tout ce qui se passe dans ce gouvernement. J'espère qu'il aura de l'eau dans les tuyaux. Au contraire je te jure je vais l'écraser je le moulais même si c'est très douloureux. Qui je vais moulu ce doigt à coups de marteau pour que tous peuvent voir que je suis un homme vaillant.

Comme le Président était furieux, il sentait les regards de ses adjudants militaires et les adjudants de les différentes branchées militaires qui le suivaient avec précaution, dans le palais présidentiel. Avec le regard fixe, il a levé la main avec le poing fermé, il failli tomber les pantalons à cause la pression du révolver argenté du calibre 44 et les bretelles élastiques de son extraordinaire uniforme militaire qu'il n'enlève pas ni pour dormir. Personne n'osait faire un mouvement pour rire, le président continue avec la main levée. Avec la gauche il soutenait les caleçons pour qu'ils ne descendaient pas plus bas. Inattendument, devant les yeux stupéfaits de ses hauts officiers et ça ne fait rien si quelques-unes femmes aspiraient à une entrevue avec le mandataire le regarde, avec dissimulation il a enlevé le doigt majeur. Il a resté avec le poing fermé. Il a fait le même signe que Adolfo Hitler avait fait le jour que la nation avait déclaré la guerre à l'Allemagne. Le chef était conjuré furieusement:

_Je te jure, pour ce que j'aime plus, je vais arracher ce doigt que mon collègue Adolfo Hitler avait utilisé comme humiliation à travers la presse au tour du monde. Je te promets devant dieu et devint les hommes que je laisserais d'appeler Rafael Leonidas Trujillo Molina et chevalier. Non «Chapita» comme les communistes lâches de ce pays m'appelle, si je n'installer pas une latrine gigantesque dans la cour du palais comme ça nous retournerons dans les temps précèdent. À le naturel, lorsqu'il n'avait ni de l'eau chaude, ni de plant électrique, ni de l'eau dans les tuyaux, je te jure pour Santa Barbara, la matrone du barbu Fidel Castro, au lieu de papier Hygiénique je vais planter de l'ortie dans le jardin avec des pierres graisseuse, afin de le produire des picotements, s'il a essayaient de essayer les fesses. Dans ce pays il y a beaucoup de gents qui sont des traîtres. À les traîtres politiques, les ennemis de mon gouvernent, comme punition, je pense de l'étaler des piments piquants dans n'importe quelle blessure qu'ils ont dans leurs corps pour qu'ils auront des plaies et de se gratter comme des chiens avec des puces. Afin d'apprendre à respecter le Chef du peuple dominicain.

Les imprécations profondes de sa voix sortaient comme une rigole déchainée. Trujillo parlais comme s'il était transporté et monté par un esprit d'un autre monde.

_ Qu'est-ce que ça veut dire que dans la République Dominicain même le chat a l'envie de monter sur la chaise des épingles. « Veut être président » ça fait plus de trente années que je m'assois dessus de ce fauteuil personne ne peut pas m'enlever ! Aïs, Diooo! Alor, pour quelle raison que les américains me mettre a gouverner ce pays ? Lorsque les Yankees m'avait nommé comme Chef. Quisqueya était comme un navire à la merci d'un capitaine. Dans cette île chacun veux être comme un cacique de sa région même si c'est un brigadier, un sergent o un général.

Aussitôt dit, il avait dans l'ambiance une tranquillité qui a durée un peu de temps. Trujillo ne peut pas retenir d'un drôle rire ridicule et moqueur, improprement de sa haute investiture d'un gouvernant. Il a dit:

_ C'est fini ce scandale! Ce vagabondage s'est terminé! Celui qui a le pouvoir doit l'exercer, o le remettra. Ma position est ferme comme un tronc de chêne! De me retirer du palais sera lorsque je regardais les doigts de les pieds, d'après les bavards, c'est lorsque quelqu'un est mort, mas je ne sais comment je vais voir les doigts de les pieds si maintenant je suis demi myope.

En donnant de l'encouragement à lui-même, le généralissime se mis a vociférer à tout pourmon :

_ D'ici on me retirera comme un général o comme un ver de terre! Qu'un communiste m'apparaîtra tout de suite il verra comment je vais arracher les parties intimes au pour bien dire…!

L'explosion d'une bombe dans l'avenue Mella entre la Duarte avait silencieux les dernières paroles qui sortaient comme un rayon de chandelle de la bouche du président Trujillo.

_ Maintenant je suis fatigué avec tant de protestations dans ce pays que seulement entendre mon langage! Depuis 1930 je viens de gouverner à Quisqueya avec des mains dures. Ici il n'existe pas ça, qu'il faut appliquer pour l'affaire des droits de l'homme, les leçons de la révolution française. Non plus je ne suis pas d'accord avec cette gêne de ces émigrants inconforme! Je te jure, que la personne que je rencontre dans un canot qui va à Porto Rico, s'il n'y a pas une permission comme pécheur, là-même il sera étouffer même si c'est par les pieds.

Je ne sais pour quelle raison que les dominicains abandonnent ce pays, aulieu de rester pour lutter et pour sème la terre la Belle Quisqueya, ils savent très bien que mes meilleurs amis sont les hommes d'affaires je ne comprends pas pourquoi beaucoup d'entre eux se l'ansaient à traverser la Mer du Caraïbe pour qu'ils seront dévorer par les requins et les dépravateurs dans le Canal de la Mona!

Les cancaniers de la cours du palais national avaient dire que le Chef souffrait de régression infantile. Ils dirent que le moment de prendre du corps il s'enfermerait dans le sanitaire. Il enlevait tous ses vêtement et montait sur le sur le pilier comme s'il était sur une grand latrine ces scandales le rendu plus furieux. Qui a oser de dire que j'enlevé tous mes vêtements je me suis déshabille et je resterais tout nu á Poil? je parie que personne à oser de dire ça pour le moment! Je suis capable d'arracher sa tête! Peut-être comme ça ils cesserons avec ses bavardages!

Les adjudantes et les ministres du gouvernent n'osaient pas dit ni un demi-mot.

_ Généralissimeeee! Généralissimeeee! Le Président s'est détendu pour un instant. C'était la voix du Général Alcantara qui avait apporter une commission.

_ Son Excellence, voici ce que vous avez ordonnez! Comme le générale de San Juan de la Maguana sait que Trujillo allait de parler très dure, il a proché sa bouche tout près la fente du sanitaire et il lui dit:

_ Monsieur le Président, avec tout votre respect, baisse un peu la voix voici la femme de ta rêve.

Celui-ci s'était un signe que le généralissime Trujillo utilisait avec ses adjudants de confiance pour l'averti la présence d'une de ses femmes préférées. Le président a baissé sa voix mais il continu de bougonné:

Pour quelle raison que les gens dirent que les avions m'ont fait peur, parce que je ne peux pas me déshabiller dans les cabinets dans les altitudes? C'est un bavard celui qui pense et qui croire dans cettes cochonneries que mes ennemis ont inventé. Ils veulent me discréditer parce qu'ils n'ont pas de pantalons pour luthier avec moi comme homme à homme, et de mâle à mâle. Pour cette raison ce brut circule dans la ville que je des difficultés de régression infantile, que je fais des pipies dans les caleçons. Ces infortunés ont même écrit des lettres à les Nations-Unies à le Parlement de Versaille, à le Tribunal de la Haya et à l'OEA. Ils ont demandé pour que je serais déclarer incompètent pour gouverner la République Dominicaine.

Selon eux, je suis toujours allé à la selle trois quarts dehors de la grande caisse, ils disent que je toujours evancué sans attendre. C'est pour cette raison je les frapper avec de la massue à tort et à travers. À les dominicains il faut les traiter comme de la galette de maïs o comme de la galette de manioc, mettre au feu en haut et à petit peu par en bas seulement avec le feu par devant et par derrière sera parfaitement bien cuire le centre de la galette. Général Alcantara!-Le président Trujillo a ordené de nouveau laisser de te fait passé comme une momie et apportez-moi le papier hygiénique tout de suit! Sinon, donnerz-moi un mocyeau de papier avec trait afin d'habituer avec, les mauvais temps que les pessimistes et les oiseaux de malheur annonçaient parce qu'ils ne sont pas d'accord avec le système du pays!

En écoutant la voix du Chef, le Général s'est frémi d'horreur.

Il s'est arrêté en attention. Après de donné deux coups avec les chaussures il a dit:

Immédiatement, Son Excellence, tes ordres seront accomplis au pied de la lettre!

Dans ce moment les oreilles du Secrétaire Fabio Corcho se sont levées. Avoir le sourire comme un enfant astucieux. Depuis des temps de ça il avait une mauvaise volonté contre le Général Valentin Alcantara parce qu'il l'avait faire passer un peu de honte en public. L'incident s'est passé dans une inauguration d'un local du Partido Dominicano, dans la Provence de San Juan de la Maguana. Le fonctionnaire s'est caché derrière la porte du bureau du Président. Fabio Corcho avait un sourire diabolique qui s'est fini de reluire comme un signe de satisfaction du moment que d'autre fonctionnaire, civil o militaire, était laissé de côté, réprimandé par le Président Trujillo. L'homme se riait avec ses lèvres fines comme deux rangs d'un fil rouge. S'est couvert la bouche avec un petit mouchoir fin qu'il portait toujours dans la poche devant de son pardessus. Il ne voulait pas que les officiers l'entendaient. De toute façon quelques sporadiques avaient èchappés Jijijiji qui se ressemblent a un petit âne pour le contentement d'avoir rencontré la coquille qu'il cherchait. Par ses yeux sautillants la joie se reflétait sur son visage. Il se moquait du général insultant, en se murmurant entre la dent et á voix basse.

_Eh bien! Maintenant ça y est vrai tu es un type mal foutu. Moi-même je ferai une fête lorsque le chef renvoyera du palais avec un coup de pied par la fesse et va s'arrêter sur le môle. Une occasion à saisir tu as abusé de ton pouvoir et de ton uniforme afin de se moquer de moi. C'est vrai ce que le proverbe a dit : «Il n'y a pas de délai qui n'arrive pas à sa fin, ni de dette qui n'est pas expirée».

La patience et la sagesse le permettent à Fabio Corcho être comme le secrétaire personnel du président Rafael Trujillo. C'était l'unique civil qui avait atteindre á se semblable position sous le régiment du généralissime. L'envie et la haine que quelques-unes avaient (réellement) ont convertir dans la position la pluie haute de la nation. Ce qu'il avait entendu derrire la porte ça le faire plaisir, le fonctionnaire s'arrange son pardessus. Il a secoué le revers comme les oiseaux secouaint les ailes avant de voler. Ses amis et quelques-unes de la familles l'avaient critiqué parce qu'il avait utilisé ce même costume a tout temps. Le veste était déteindre pour les inracontables repassers et lavers. Le pantalon de «Casimil Ingles» était étendre par l'exèdres de son service et il l'avait remplacé par un «polyester» que le consul de Port-au-Prince l'avait faire en cadeau comme récompense pour un aide d'interview avec le Président. Avec les traies du vêtement l'homme ressemblait à une zèbre longue et maigre. Cependant, il disait qu'il aimait porter ce costume tout les jours parce que cela le rapporta de bonne chance Fabio Corcho s'est marché avec le commandant Sigilo. Il marchait sur les pointes des chaussures en deux tons comme ces danseuses de l'Opéra la Traviata, c'est vraiment une coïncidence que dans cette époque une présentation pareille dans l'amphithéâtre de la Voz Dominicain. L'effilent secrétaire est courir rapidement pour avertir à le représentant du Pape Pio XII que le Généralissime Trujillo l'appellera lorsqu'il est sortir dans la salle de bain. Le chef était un homme très astucieux. Il voulait obtenir quelques minutes afin de consulter sa décision avec le cabinet. Ça demande beaucoup de précaution peut-être de ne pas faire la proposition, il aura les trois pouvoirs du pays caribéen à son dos: L'église Catholique pace qu'elle n'avait pas poursuivre et puni les immigrants haïtiens et ses pratiques de croyances africaines et l'oligarchie Créole qui avait de la haine pour les humiliations que beaucoup des membres de la haute société Dominicaine avaient passée. Mais ce qui avait beaucoup plus affecté la politique internationale du gouvernement c'est l'attaque systématique de nombreux étrangers intellectuels pour la mort de Manuel de Jésus Galindez un critique sur le tas de Trujillo dans l'université Colombía de New-York. La pression diplomatique allait dans une augmentation vertigineuse. Son gouvernement était comme une bombe tout près à éclater, le chef ne veut pas d'autre conflit international. Déjà il y en a suffisant contre les abus et les sauvageries de la Cathédrale de la Vega, l'enlèvement et la disparition du prof. Galindez et les assassinats de les trois sœurs Mirabal et son chauffeur. Ces évènements néfaste avaient à son gouvernent dans un état d'effondrement. Jusqu'à présent dans les oreilles du Généralissime se retentissaient les phrases de son compère, don Joseph Kenndy, d'être sur ses gardes contre les ennemis qui étaient créés aux États-Unis. Le président Trujillo n'était pas un stupide il sait très bien que son gouvernement était dans les yeux du monde occidental.

Le palais de Saint Marc était remplir de fanions. L'orchestre de musique du palais présidentiel a joue de différentes marches de les épopées de guerre d'Haïti. Les Beaux Airs qui soufflent exclusivement le secteur résidentiel de Pétion Ville c'est comme si les dieux l'avaient détourné dès les gigantesques montagnes de l'Artibonite. l'air avait apporté avec lui un odeur particulier à pin vert. Les intonations de les marches de la liberté et le trompettiste joyeux exhaler par la marseillaise de France, ils donnaient à l'ambiance un caractère d'anniversaire. Là-bas en bas, au bord de beau rivage, appuyé sur la Mer Atlantique, Port-au-Prince se levait comme un échantillon d'une opulence et de misère coloniale. Elles se joindront aussi la joie nationale. Les Voitures à chevaux et les voitures luxueuse allaient et venaient. Elles montaient et descendaient dans les grandes aventures tout était prêt pour la célébration de l'arriver d'un nouveau siècle, associer avec un nouveau millénaire. Que le monde entier attendait. Haïti faisait partie de ce monde. En ce jour si le Président Jean Bertrand Buitre, avec son impeccable uniforme de redingote, il a la ressemblance d'un pigeon voyageur. Avec une sourire persistante paisible et son visage d'innocence, il était prêt pour la grande journée d'unification. Le Prélat donnerait un discours qui tressaillait à La Nation. On attendait comme toujours, que le Mandataire Résoudra tous les problèmes du pays. Dans son discours, il jurerait à La Nations-Unis à les Membres de la Organisation des Etats d'Amérique (OEA) et le monde des Nations Civilisées, qu'il pourrait résoudre les contretemps en Haïti si on l'accordait une deuxième opportunité. Ces discours sont toujours termine comme ça: «compatriotes, je vous en prie de me donner un peu de temps plus et vous verrez que l'accomplissement de l'indépendance d'Haïti n'était pas en vain».

Joseph François Casablance était comme un poulain fougueux. Son efficacité était comme les coqs de combat, come un poulet de qualité. La poule qu'il couvre, c'est la poule qui pondre, a s'est fécondée au vol en un clin d'œil d'après le proverbe des gents.

Le père François Lamacanne l'avait reçu depuis que son petit-fils avait un an de naissance. Ses parents l'avaient laissé au soin de son grand-père afin de l'aider aussi comme compagnon parce que le grand-père se sentait très seul dans le petit champ de fond des blancs. Mais en réalité c'était qu'ils ne peuvent pas les nourrir et l'envoyer à l'école ensemble avec les autres treize enfants qu'ils avaient procrée Joseph François était le septième parmi les fils de Marie Rose Rivage et Antoine Pierre Casablanche. Nourrir toutes ces bouches ensemble c'était vraiment une charge de familles très lourdes. Il était envahi de nostalgie lorsqu'il avait pensée á sa famille et en Cap-Haitien malgré tout il était né dans le quartier de la mulâtre, fréquemment il visitait à ses géniteurs qui vivaient dans le même endroit où il avait né. Bien souvent il descendait de la montagne avec son grand-père monsieur François lamacanne. Sur les ânes ils apportent des vivres et des légumes afin de les vendent dans le marché municipal de Cap-Haitien.

Le rituel de fonds des blancs faisait partie d'une série de cérémonies qui étaient célébrée dans tout le territoire Haïtien. Les évènements étaient   coordonnes avec les groupes des zombies que, ça fait des années qu'ils se trouvent dans des distincts points de la géographie de l'ile. Les leaders et les supporters étaient sur ses gardes. Préparés, en attendant l'ordre d'attaquer et de conquérir pour une deuxième fois le pays voisin la République Dominicaine. Tous étaient attentifs depuis que Jean Jacobée Dessalines proclamera la indivisibilité de la Hispaniola.

Le moment du zombie est arrivé. Les quatre points cardinaux de Quisqueya étaient à l'attente d'un signe d'avance de la part de les responsables de la mission unificatrice tous étaient ans anxieux pour que le message de vengeance se répandait dans toute la nation. Tout était prévu pour commencer l'attaque annoncer à minuit, c'est comme une coïncidence du destin, la date était tombée dans calendrier, le mardi 13, de l'année 2004.

La cérémonie qui précédait la grande journée était prête pour commencer. Tout était prêt dans la maison de la prêtresse principale, là où, d'après le convenu par le congrès de les dieux clandestin, s'établirait un règne. Les provinces seraient réorganisées en départements pour que la constitution universelle de 1804 s'imposera de nouveau. Le trajet était rempli d'obstacles. Les voyager avaient rencontres avec des précipices profonds qui ébahissaient de frayeur á les curieux. Comme surprise les arbustes se sont transformés en reptiles dans un clin d'œil. Les plantes le dévoraient la chair comme des piranhas affamées. Le trajet était ténébreux. Avec précaution, les voyageurs devaient franchir les pentes montagneuses de l'Artibonite là où s'apercevoir le fabuleux l'Océan Atlantique, avec ses vagues gigantesques qui frappaient avec l'effectif d'un cancer terminal dans les côtes nord de l'îles la Hispaniola.

Les fonctionnaires savaient très bien le refrain. Le président le répétait à chaque fois qu'il a besoin les votes afin réélire. Les journalistes cannaient le message qu'ils répétaient comme machette pour ses nouvelles. Pendant ce temps, parmi les départements qui partageaient la géographie d'Haïti, une grande délégation des fonctionnaires efficients étaient arrivés, bien habillés pour cette occasion aussi spéciale; ils ont luit les costumes moisit se sept boutons qui se sont retourné à se mettre en vogue après avoir souffrir l'abandon de leurs maîtres. Les tenues de galas avaient restée à la volonté des cafards, et à l'attaque impitoyable des vermines pestilentes dans les armoires. Les plus pittoresque de ces défilés était la présence inexcusable de les distingués de la société haïtienne. Maintenant se déchargeaient ses frustrations. Les dames se passaient le moment en tissage et en broderie dans la cour de leurs mansions en déprédation de ces mélancolies comme des» femmes fatales aristocrates » contre leurs propres domestiques.

_ Someonaaaa! Someonaaaaaa! _Madame Deux têtes avait appelé avec excitation a sa maîtresse de maison elle était furieuse de mauvaise humeur comme toujours. Zut d'où es-tu Simeona? Ne sais-tu pas que la cérémonie va à commencer et je dois être devant? Aïe de ti, petite dame, si j'arrive tard dans cette réunion continuer de dormir! Si tu ne veux pas savoir qu'est-ce qu'un peigne dans un mauvais cheveux, si je manquais à Papa Boco au contraire, je vais ordonner à Moreno enlever le sommeil afin de te donner quelques coups de fouets, au quelques coups de bâtonnes afin d'aviver comme une femme d'une bonne fois pour toutes, est-ce que tu ne m'as pas entendu, Simeona?

Tous ce qui voyait les deux ensemble comme ça, pouvait faire une mauvaise idée de que la servante et le roi étaient fusionnés dans une accolade d'amour. Il était en haut et elle en bas. Finalement.

Moreno enlever le sommeil est arrivé et après avoir libérer a Simeona qui gémissait sur le dos sous le poids du roi, en fin madame deux têtes s'est commencé à revivre. L'esclave a fait une guérison superstitieuse. Il a retiré un couteau pliant et brillant. Aiguisé. Il a levé le couteau. Il a fermé les yeux. Il a fait une grimace et sans regarder ce qu'il faisait, il a pris la maitresse par la main gauche. Sans hésiter, il a coupé un peu de les yeux durs comme les crinières de les juments. Il a demandé une allumette allumée et il a brûlé le moreau des cheveux. Il a donné le petit lionceau moreau à madame deux têtes afin de le de les sentir. Il a massé les plantes des pieds avec la graisse de couleuvre. Même si les cheveux étaient fumés. La matrone s'est réveillée sursauté ave un trembloter des pieds à la tête. La dame s'est tranquillisée lorsqu'elle a vu la tête du roi Henry Chistophe se trouvait bien dressée comme toujours. La femme s'est soupirée profondément, sa poitrine s'est agrandie à cause le soupir. Elle a secoué la jupe. Elle s'est retournée de respirer profondément. Après sa récupération, elle s'assume pleinement sa position hautaine et avec de l'arrogance elle a ordonnée à l'esclave:

Moreno, aller et nettoyer l'automobile! Tu sais très bien pour mon mari c'est une chose détestable de monter dans une automobile sale et poussiéreuse. Dépêche-toi Moreno!

Aujourd'hui c'est un jour spécial pout Haïti. Sans faire aucun geste, et sans rien dit l'assistant fiel de Madame Deux têtes s'est retirée à préparer l'automobile en faisant quelques pas gigantesques. Le sol s'ébranlait à chaque fois qu'il changeait un pied. Pendant ce temps, se congelait de la peur, Simeona Terranova, avait montré un calme très étrange, avec dissimulation elle a approché près de la statué du Roi Christophe. Avec une étoffe délicate elle a commercé de tripoter les muscler. Elle le tripotait en haut et en bas. C'est comme si elle était dans les limbes. Il paraît qu'elle priait à la figure de la statue parce qu'elle n'était pas casser dans sa chute. Si elle avait fait ay moins une égratignure, la punition qu'elle allait recevoir de Madame Deux Têtes sera terrible. Se tomba sa langue pour la quantité de temps qu'elle allait faire en parlant contre la négligence de la domestique, soit dans l'église au soit dans le voisinage, pour n'emporte quel dommage contre la statue du Roi d'Haïti.

Simeonaaaaaaaaaaa! c'était la voie de sa maîtresse, qui la réprimanda sévèrement de nouveau_ À cause que tu m'avais faire peur avec la statue du Baron Souverain; je vais te punir, tu ne peux pas y aller de visiter à tes famille là-bas à Cité Soleil. Durant trois mois tu ne pas peux sortir ici dans la maison. Dorénavant j'avais l'intention de t'emmener à Port-au-Prince afin de visiter la ville, mais tu as mettre les pieds dans le chausser, femme condamnée! Et ne tosser pas ni de regarder la statue une autre fois. Non plus de ne pas la tripoter jusqu'au ceinture comme tu as toujours fais. Que je ne sache pas que tu avais tripoter à mon Roi! Tu as bien entendu Simeona! Il vaut mieux que tu m'écoutes bien clair.

Sans de regarde à les yeux éblouissants de sa maîtresse, la jeune femme avec sa tête droite s'est retirée en un signe de respect à l'implacable Madame Deux Têtes. Lorsqu'elle s'est rétablie de sa peur la dame haïtienne a ordonné un thé de tilo et manzanilla avec une petite cuillère de sirop miel afin de descendre la tension. Ses yeux brillaients comme des étoiles. Ja! Ja! Ja! Ja! Je suis heureuse comme un poisson dans l'eau parce que je serais l'envie de les dames de Saint Domingue. Les espagnoles et ses femmes restaient avec leurs bouches ouvertes. Les épouses de Quisqueya allaient se restées anéanties par l'émotion lorsqu'elles me voient avec mon nouveau titre comme présidente de les dames de Cap-Haitien: aïe Papa moue! Que l'esprit du roi se mettra sa main afin de m'aider dans ce défile dans la capitale!

Simeona Terranova avait écouté à sa maîtresse. Elle avait pensé de ne pas dire aucune parole. Elle se limitait de secouer sa tête. Sa langue a tété arrachée de présure lorsqu'elle avait sept années comme une punition parce qu'elle avait informé a le Général Caméléon Cedras Cienfuegos que son épouse Marie Antoinette Deux Tête recevait des sérénades du sylvestre Joseph François Casablance. D'après les rumeurs, lorsque le Général était de service pour diriger les troupes dans le nort de la partie espagnol de l'île, elle se débarrassait à la domestique tôt a ces dormitives. Pour elle il n'avait aucun curieux dans la propriété rurale, elle se baignait dénué avec le musicien   dans la piscine de soufre que le Général Camaleon utilisait exclusivement pour se maintenir jeune et salutaire.

Le défile était au point de commencer. Les dames se profilaient cette opportunité afin de défiler ensemble avec leurs époux. Les provinciaux exhibaient leurs grands vestiaires larges, avec les jupes que parecaient à des parachutes a sauce l'excès de l'amidon. Ça n'était pas un secret pour personne que les dames Aristocrates de PétionVille utilisaient ces genres de vêtements afin de couvrir voluptueusement leurs corps. Quelques-unes se couvraient leurs fesses. Quelques-autres l'utilisaient afin de faire croire à les curieux, qu'elles possédaient et qu'elles se couvraient pour la pudeur afin d'éviter des tapages on fait comme ça pour se débarrasser de la luxure de les ennemis de leurs époux qui sont des fonctionnaires. En sueurs, venaient les Maris comme des paons avec sa queue ouverte. Qui marchaient avec les dames accrochées par le bras gauche comme de courtoisie. Se confiaient, feindre un sourire retenir entre les dents et les lèvres afin de garder les apparences. Dans l'autre bras ils ont emporté leurs porte-documents avec les plans et les projets. Les ministres devraient jeter un coup d'œil avant que le président leurs recevra dans son bureau. Ils ne voudraient pas que le mandataire réaffirmer de nouveau son inaptitude. Ils voulurent être préparer pour l'arrivée du millénaire dans l'intérêt de que les budjets de prendre beaucoup de places se le laissaient quelques tranches de gâteau. Les ministres et les gouverneurs ont voulu de continuer de téter la mamelle de la vache nationale. Et de sucer les coffres de l'état haïtien. Les chefs des départements, faisant de la sacrilèges, se sont jurés, ils ont aidé le gouverneur de Jean Beltran Buitre a résoudre les problèmes du pays avant l'arrivée du millénaire universel. Les hiérarchies se faisaient accompagné de leurs adjudants militaires, de leurs « Tumba-polvo » des civiles afin de tromper le président ils faisaient des masses politique pour faire voir que le président possédaient une force des votes populaire et considérable dans leurs régions et des autorités bureaucrates. Les gouverneurs les plus âgés apportaient à Port-Au-Prince des chars de guerre et des armes de calibre épais importé de les pays développés qui étaient désarmé dans la guerre froide afin de chauffer à les nations du tiers-monde. L'atmosphère était imprégnée de vacarme. À ce moment-là un ministre qui avait peur de se trouver dans la liste noire et de perdre son cadre supérieur, crié à la multitude :

_Buvez et dansez pendant qu'il y a de clerén, de tafia, de barbacourt, et de triculi, tout est possible, et tout peut s'arranger! Mes compatriotes, profitons nous cette jubilation.

Vivre le président à vie! Dites comme les mexicains «la vida no valle nada.»pour la confirmation, ils font comme nous les haïtiens, nous chantons les peines et nous pleurons les joies.Vivre le président d'Haïti!

Les tambours se retentissaient dans toutes les directions. On a entendu les coups de canons qui s'explosaient dans les firmaments de Port-au-Prince. Dès la montagne on a entendu les tambours et les cris avec les consignes et les discours.

_Pum! Pum! Kutu-pum! Pum! Pum! Kutu-pum!Pum! Pum!

_En avant, fonctionnaires, l'heure est presque arriver! Nous devons unir nos efforts pour le bien-être du Président Jean Bertrand Buitre et pour la Nation Haïtienne! Vivre le Roi Christophe! Poursuivons nous à le Général Leclerc et à Napoléon Bonaparte! Qu'ils paient très cher pour ses abus contre la République d'Haïti ! Nous devons punir à les voleurs de cabris et à les voleurs de cochons de la nation!

_Alou! Alou! Je veux parler avec le président Trujille! S'il vous plaît, mademoiselle! Lorsque la réceptionniste a écouté la voix avec un accent français, le failli tomber le téléphone sur le sol. C'était la voix lugubre et mélodieuse du président d'Haïti François Duvalier qui voulait faire une conversation avec son compère dominicain.

_Immédiatement, votre excellence! A répondu effrayante, la secrétaire.

La conversation s'est commencée tout de suite entre les deux dictateurs caribéen. Le mandataire haïtien a commencé: __ mon compère, je me réjouis parce que nous sommes comme deux troncs d'acajou. Comme vous avez toujours dit, «somos viejos, pero no pendejos» nous sommes des vieux, mais non pas des sots n'est-ce pas mon compère?

_C'est comme ça. Malgré que les communistes du monde voulaient nous voir morts- a répondu le Généralissime.

_ Eh bien, mon compère, comme j'ai l'avait dit quelques temps de ça, vous devez prendre des précautions. Il faut ouvrir l'œil sur l'affaire de l'église Catholique comme vous savez J'ai été en Europe réunies avec le Premier Ministre de France Son Excellence Georges Pompidou. Le thème principal de la réunion était le cas de la Hispaniola, comme toujours, mon compère. Nous avons passé trois siècles de discussion sur le problème territorial de mon petit Haïti et votre grande République Dominicaine. Mais je te demande, pour notre amitié qui nous unis comme compère pour ton fils Ranfis et pour mon fils Jean Claude me garde le secret. Il n'y a pas de problème mon compère-il répondu Trujillo à Duvalier-je ne peux pas le rapporter, ni de vous ficher. Nous sommes comme deux coffres cadenasser pour le secrets. Vous savez très bien que les paysans ont toujours dire «chien ne mangent pas de chien, s'il le mange se peler». Si c'est comme ça soigné tranquille. Et raconter moi tous ceux qui sont passé mon compère parce que je suis nerveux de la curiosité.

Pour ne pas rester sans rien dire, le président Duvalier le rappeler à son compère Trujillo la phrase Française youp savez aussi que «l'union faire la force». Enfin mon compère au sujet de la réunion que vous avez eu en Europe, je veux que vous sache que nous sommes deux oiseaux dans un seul nid. Si quelqu'un essayer de vous tromper, on m'a tromper aussi. Nous devons être unis plus que jamais, parce que les Etats Unis, la France et l'Angleterre ont à la recherche d'une solution politique afin de réunir les deux républiques. Ils veulent que la République d'Haïti et la Républiques Dominicaine se transformaient dans un était confédère dans le caraïbe et dans l'Amérique latine.

A savoir que dans cette instant, Trujillo peut souffrir une attaque de rage et il peut «lancer l'amitié entre les deux comperes dans une poubelle, «il a éclairci le problème:

_J'ai me fait passé pour un fou mon compère! J'ai laisser que le ministre parle parce que la France nous avons battu nous étions pressé pour plusieurs siècles. Maintenant la France c'est notre consolation. Tout ce qui se passe en Haïti en Europe le sache. Les fils de les mulâtres et de l'élite noire vont à Paris à étudier. Les présidents qui sont renverser du pourvoir c'est en France qu'ils vont. Haïti et la France sont comme la mauvaise mère et la bonne fille. Il y a toujours une discussion entre les deux. À la fin elles finissent dans une accolade comme si rien n'était passer vous comprendre mon compère? Mais ne t'inquiéter pas mon compère, parce que la France ne l'inversse pas des problèmes avec vous. A ceux que nous devons avoir de la peur sont les oligarchies de Paris parce qu'ils font beaucoup de cas à la pression politique de Rome, donc il semble que le pape pío XIII a forcé a beaucoup de pays pour qu'ils unissent a une compagne conte votre gournement. Mon devoir c'est de vous faire savoir immédiatement. Après tout, nous sommes les deux voisins les plus proches. Nous devons nous protéger l'un de l'autre. N'est-ce pas mon compère?

C'est ce que j'ai toujours dit, mon compère Pancho le répondu le Président dominicain à le chef d'Haïti; il a ajoute-vous savez très bien le jour qu'ont brulé ma fesse, la vôtre sera brûlante aussi. Nous devons être debout sur nos gardes. J'ai n'était pas un os facile de ronger. Malgré que tous les pays sont contre moi. Excepté vous, naturellement, mon compère.

Le Généralissime dominicain a dit cette parole afin de donner un peu de confiance à Papa Doc. Il continue:

_Mais ne t'inquiéter pas, je gouvernerais la République Dominicaine avec des mains dure. Cette nation c'est comme la galette de maïs il faut avoir du feu les deux côtés. Vous serez là-bas en Haïti et je serais ici. C'est en France que les leaders de nos ancêtres sont alliés pour se loger, Duvalier a République et c'est là-bas que j'irai aveux ma famille afin de saut ver mon derrière. Que pensez-vous de ça mon compère? Je t'assure, mon compère, que là-bas aussi étaient représenté les zombies que votre armée avait tué. Étaient quarante mille, d'après ce que le plus vieux du groupe a dit.

Il a dit á le comité de les droits humains de la France qu'un général de les siens appeler Valatin Alcantar surnommer «Rompe Hueso» cassés os» il le donné un tir dans la gorge parce que les lettres «erre avaient emmêlées dans la langue lorsqu'il avait tenté de prononcer la parole «perejil». Je sais très bien que ce malheureux est mort, avec un sourire. Ce qui est mystérieux de tout cela mon compère, c'est qu'autant que le Général Rompe Hueso de même que le paysan haïtien ils se voient fréquemment, embrassés. En buvant du Rhom Palo Viejo et Baboncourt dans les différents postes de contrôle dans la frontière. D'ailleurs, une soirée de pleine lune durant que je baignait dans la rivière de massacre, j'ai les vu qu'ils riaient aux éclats.

Je te jure que j'ai les vu avec ces yeux qui vont être engloutir par la terre ou bien ils vont être mangé par les vers de terre. Tous les deux étaient dans le port de Manzanillo, dans un bateau qui avait sorti pour ramasser un groupe de chevreaux. Les animaux étaient possédés par les sprints que les hommes de vos troupes ont été tués près de Dajabón, malpasse et le cul-du-nord.

C'est inobliable mon compère cette soirée au clair de lune. Je me souviens de ça comme si c'était en ce moment là parce que l'heure était 22 de l'année 1962. Et dans le bateau j'ai compté 22 tètes de chevreaux. Ce que je ne me souviens pas, mon compère, si dans le bateau allait quelque chèvre transformer en bacá. Je ne voulais pas vous offenser, Monsieur le Président, mais j'étais nerveux dans la table ronde avec tous les hauts dignitaires européenss. Presque tous m'avaient acculé avec des questions au sujet de L'ile de la Hispaniola c'est pour cette raison, seulement j'ai réussi adire afin de sortir dans l'embarras. Il n'y avait pas de doute que c'étaient les zombies de mon compère Trujillo, parce que tout ça me donne 22. Vous savez très bien que c'est mon numéro magique pour la mauvaise, et la bonne chance.

Avant que le président Duvalier continuera, le président Trujillo a déclaré:

Vous et moi nous sommes les uniques qui savent lá où se trouvent le haut fonctionnaire «a donde es que pica el pejé», que l'église catholique s'arrêter de se mêler dans mes affaires internes, parce que je suis comme un chacal lorsque on m'acculer je me transformer en une bête féroce. Merci beaucoup monsieur le président! Merci pour vôtre précise information, mon petit compère

. J'espère que nous joindrons bientôt pour que nous pouvons bavarder un peu plus. Nous pourrons réunir à Saint Domingue au à Port-au-Prince d'ailleurs affirmé Trujillo je t'invite dans ma maison d'acajou á San Cristobal afin de prendre quelques gorgees de rhum babancourt, palo viejo, pitorro de portoricain et triculi dans la frontière. Je ne peux pas boire le tafia pur parce que la dernierre fois que j'ai l'avais bu il m'avait donné une diarrher enorme d'une beuverir dans une fête de la matrone de Samana. Parois je pense que ma belle sœur Filimon lavapie, le mari de Petronila Chevalier avait mis quelque chose rare dans la boisson. La sorcière qui t'avait mis fou à vous mon compère avec ce corps excellent qu'elle possède. Ne se désintéresser pas de ça mon compère vous m'aveux dit que Petronila le faisait divorcer de ta sa femme. Si elle le demanda. Felimon ne me pardonne pas d'avoir l'œil sur femme. Moi aussi elle m'avait rendu fou malgre que nous sommes de la famille. Nous étions des cousins, et comme se dirent les gents « cousin avec cousin s'aiguisaient ». C'est elle que m'avait enseigné ajouer cache-cache, à monter à cheval, et mambru est aller à la guerre. Si vous voulez je vais te l'envoyer dans un avion à Port-au-Prince afin de te préparer un dépouillement. Cette femme est capable de faire un travail complete avec garantir mon compère. Duvalier se faire voir désintéresser parce que cela lui fait peur d'offenser à son compère Rafael Trujillo. bien qu'il a osé de dire ça : à vrai dire, cela m'avait rendu fou. Mais, que direz vous de les deux jumenlles que j'ai t'avais présenté á jacmel le jour de son baptême dans la religion de vaudou? Cette paire de femelles ne s'approchent pas de la vieillesse et á moi cheveux se sont dressés sur ma tête, rien que d'y penser à elles.

Les mandataires se riaient à mâchoire battante. Le Présidente Trujillo a continué.

Mon compère François, vous savez trési bien que montrer à cheval ça me fasciner. Je n'aime pas les avions. C'est entre vous en moi, c'est un secret d'état ne dit ça a personne.

Pardonnez-moi mon compère —le répondu Duvalier, en ajoutant :

Ça me donne l'envie de pisser lorsque je l'imaginais de monter dans un a vion. C'est ma faiblesse mon compère Pancho. Et je te conseille de ne pas manquer à ce sacrement en riant de mes sottises. Jamais, je ne vais me moquer de vous. Cela ne passera jamais, parce que ce serait le cambre du sacrement qui nous unit. C'est comme ça que le Président d'Haïti avait répondu pour terminer la conversation. Les deux gouvernaires caribéens commencerons de rire aux éclats. Le ja ja ja ja de ces cris rauques qui venaient d'outre-tombe, de les profonds des plus loin.

Le capital haïtien était sous une haute température très câlinée. La matinée était bien claire. Clairsemée. Le territoire s'est converti du ciel blue. Si ce n'était pas à cause de l'imprudence d'une ou autre petite touffe de flocon de coton qui passait dans les hauts sommets, peut-être le ciel se confondra avec la mer.

Tout était en allégresse dans la république d'Haïti. Port-Au-Prince avait réveillé avec un coloris inusuel.

Celle qui n'était pas très joyeuse c'était Joséphine Lafontaine. La femme était préoccupée. Dans le Palais de Saint Marc circulait une liste noire de les fonctionnaires qui seront privés de leurs possessions. C'est comme ça lorsqu'il a un changement d'un gouvernent dans les nations riches et les pauvres. Sa préoccupation était injustifiée.

Si dans le Palais de Port-au-Prince il avait une fonctionnaire qui avait une force politique, Joséphine Lafontaine était le numéro un. Elle était la préférée du président. Ce n'est pas pour rien que les bruites courent entre les courtisans du palais que la mulâtresse avait plus de force qu'une grue-dépanneuse que tirait plus qu'un tracteur avec le gouverneur du pays caribéen. Joséphine avait le regard fixé comme un piquet. Se méditait. Le palais le servait comme un signe de référence son exotique beauté. Elle était le point convergent entre le couple blanc. Presque immaculé de l'architecture courtisan du Palais et le noircit des gens qui allaient de se rassembler dans la capitale d'Haïti. Le corps de la femme était là. Par contraste, son esprit était très loin. Dès un balcon, bien tranquille, Joséphine Lafontaine voyait, comme deux énormes monstres, les quartiers marginal de Bellair et le Cité soleil. Les secteurs, étaient placés les deux côtés du port de la capitale comme deux gendarmes menacés: avec crasseux et des haillons. Étaient deux géants de la faim et de misère qui ont fait des obstacles à l'issue de l'Imperial sectuer de passion Ville, le berceau de l'oligarchie et terrier de los «Pejes Gordos». Les gros poissons. Les misérables sont comme des obstacles en cas que se causera un débat au une fuite inattendue. Seulement c'est Josephine qui avait vu ce que les autres ne peuvent pas voir: la séparation abyssal entre les grands et les petits, entre la santé et la maladie, entre la vie et la mort. Joséphine Lafontaine avait été choisie afin de voir ce que les autres ne peuvent pas comprendre. Elle aussi était née dans un quartier de pauvreté, lorsqu'un Richard blanc du nom Frédérique Duplessis, avait embarrassé à sa mère pendant qu'elle travaillait dans une maison de friandises et des trucs dans le marché de Port-au-Prince. Le regard de Joséphine était fixé dans un point indemne. Malgré la clairette du ciel caribéen, l'esprit de la femme était d'une manière de plus en plus diffuse. Les larmes embuaient ses yeux, c'est comme ça, elle avait entendu une voix qui l'avait dit.

–Joséphine; où étais-tu hier soir que tu ne m'avais pas acheter la médecine; que je t'avais chargé? –c'était la voix de sa mère qui a continué sans attendre une réponse –C'est sûr tu étais aller de se baigner dans la rigole du diable n'est-ce pas vrai, Joséphine? Répond-moi et ne me fait pas perdre la patience parce que je te jure au nom de Papa Boco que je suis capable de te rompre la… La dernière partie du denace s'est interrompu lorsqu'ès sa commère la sorcière Chembra Cienfuegos de reversait la porte pendant qu'elle vociférait

–Voisineeeeeeeee! Voisineeeeeeeee! Ouvre-moi la porte rapide, ma commère! Ouvre-mi la porte rapide! Arrête de se disputer tant avec ma filleule Joséphine, je t'apporte une bonne nouvelle de l'autre monde!

Par hasard, lorsque Chemba Cienfuegos est finis de prononcé le mot «monde» un tonnerre sec est commencer de voyager en zigzag dans le firmament. Le phénomène allait en frappent a avec les nuages et les montagnes c'est comme si le dieu de l'orage se préparait pour que l'île de la Hispaniola se baignait avec un déluge caribéen. Chaque grondement allait en compagnie d'un rayon lumineux. Chaque décharge était comme un fouet de colère, et de la rage divine. C'était un présage de les évènements qui s'approchaient. Les tonnerres étaient des conjurations et la confirmation inéluctable de l'histoire de l'île. C'est une prémonition pour Quisqueya qui a servir comme un pont pour l'Espagne pendant que se répandait son pouvoir dans le nouveau monde. La menace était aussi pour la France parce qu'elle avait permettre la naissance de la bourgeoisie qui avait changé la structure sociale, politique et économique de tout l'Europe avec le sang, l'opulence et le splendeur de sa puissance impériale.

Florinda Lafontaine n'était pas sursauter pour les avertissements de la commère ni pour le grondement inopportun du ciel. Sans hésiter, elle continue comme, si rien avait passé en réprimandant à sa fille.

– Que je ne sache pas que tu étais aller de se baigner dans

la rigole ou a ensorceler dans la cérémonie de vaudou avec Jacobée à vrai dire, je te jure personne ne t'échappera pas de coup fouet si tu étais aller sans ma permission, je vais bruler tes gros pieds et les grosses fesses que dieu t'avait donné à coup de ceinture cette fois si, ni le sorcier du quartier ne peux pas te sauver de ce coup, a fin de ne soit pas comme une vagabonde condamnation! Joséphine seulement écoutait, comme celui qui veux et qui ne veux pas, entre une rebelle et une soumis. Sa mère a poursuivait avec sa série de menaces:

—Ne me pregarde pas de profil avec tes petits yeux gelés vagabonde! Tu as un petit regard d'une sorcière, Joséphine d'une petite figure de «je ne suis». N'importe quelle s'oser de jurer que tu ne peux pas tuer une mouche, ni non plus crasser une assiette. Ne te faire pas de l'innocent.

La jeune fille n'oserait pas de répondre ni un demi-mot parce qu'elle sait très bien que sa mère ne faire pas des plaisanteries ni se scandalisait le moment de faire une punition. La mère de Joséphine état tardive mais elle était sûre.

N'oublie pas ma fille que les hommes d'aujourd'hui ceux qu'ils veulent c'est de mettre la main sur toi de n'importe quelle façon. Lorsqu'ils ont vu tes attributs et ton gros corps ils sont denier fous comme ils avaient fait avec moi. Mais ce qu'ils voulaient c'est de te pétrir comme s'ils étaient des boulangers. Lorsqu'une femme est dans la fleur de sa jeunesse, tout le monde la voir très bien tous les hommes ont voulu te passer au-dessus afin de te fouxtrer. Premièrement ils t'abusent. Après ça ils t'abandonnent comme une chienne apres avoir attrapé une grossesse. Ensuite ils vont tranquillement comme si bien avait été passé. Ils s'en vont avec sa musique ou sa méchanceté á un autré coté, ça l'importe peu la quantité d'enfants dans l'abandon dans la rue. Toi tu le sais très bien parce que je t'avais expliqué ce que ton papa m'avait fait, le monsieur Déplaisir, ce lui que tu ne connais pas. J'étais comme toi, avec un grand corps bien formé d'une jeune fille de dix-neuf ans. Dans sa grande automobile il s'est approché à moi en me proposant des cités été des châteaux. Depuis que cet infortuné avait fixés ses yeux sur moi, la jalousie s'est commencée entre les femmes de mon âge. Mais je suis convertir aussi dans le pâturage pour les vaches envieuses du quartier. Les vieilles femmes me dévoraient en me donnant des ciseaux par derrière, en bavardant adroit et á gauche. Les agitatrices ont arrivées à le comble de m'envoyer des lettres anonymes en disant que j'avais» un endroit pour amarrer les hommes. Ces langues longues allaient dire dans tout le Port-au-Prince que aulier de la sueur, j'avais jeté de la mélasse. Elles s'alléguaient que j'étais sucrée comme de la canne à sucre et douce comme le sirop miel. Mais ce que je sais c'est que le bandit de ton père il arrive à m'offrir qu'il allait se marier avec moi avec voile et couronne. J'étais tellement stupide que je j'avais cru j'avais tombé dans ce piège. Il m'avait lavé le cerveau. Et j'ai le mangé. Donc il m'a emmené dans l'île de la Tortue pour faire une promenade pour deux jours. Tu sais très bien Joséphine, je parle de ce qu'on appelle croisière. Il m'a traversé le cœur avec son épée de trompiez. Je me souviens de ça clairement. Evidement bien sûr aïe Joséphine, su tu pourrais savoir ce que je sens dans ma poitrine. A dit Florinda à sa fille. Après quelques instants, elle a respiré profond. En suite, elle continue. J'ai pensé à le monsieur Déplaisir parce que j'étais empoisonné avec cet homme! Tu m'avais bien entendue Joséphine, je dis que j'étais sur le point de mourir pour ton papa! Ce qui m'a beaucoup faire de la peine c'est que mon cœur me l'avait dit et comme ça je le crois, que toi aussi tu es empoisonné dans ton esprit. Je suis celle-là qui t'avait mise au monde. Je te connais comme la paume de ma main. Tu es presque sur le point de perdre ton bon sens pour Jacobée Dominique! Dis-moi la vérité Joséphine, afin d'éviter ces douleurs de tête. Parce que ton père m'avait dessiné dans l'air tous les petits oiseaux que tu ne peux pas imaginer. Jusqu'à présent je me souviens de sa voix douce, lente, et fainéante. Endormante. Quoiqu'il avait étudié dans les meilleurs écoles de Portus-au-Pince son Français était un peu écrase; son influence de la langue turquoise et libanaise se sentaient. Mais de toute façon, Frédérique Duplisir me portait comme une folle. J'étais comme un pop-corn dans un zinc chaud pour l'amour de ton papa les conseils de Florinda Lafontaine était comme des coups de marteau dans l'esprit de sa fille Joséphine. Florinda ne voulait pas que sa fille se rendre compte de sa faiblesse pour son premier amour. Discrètement elle avait faire un demi tout afin de ramasser un peigne d'ornement qu'elle avait laissé tomber par terre. Ses grande yeux avaient remplit de l'eau lorsqu'elle se souvient.

De cet homme qui l'avait convertir en une femme. De ses pupilles de caramels se dégageaient des inracontable gouttes d'eaux ses l'Evre avaient perdu le couleur incarné qui l'avait distingué. Pendant qu'elle avait baissé, en cachette elle a séché sa figure avec le cercle de sa jupe. Après ça elle s'est levé un peu lente entre des sanglots et des soupirs, elle a continué de parler:

-Écoutez-moi bien: Joséphine. Je me souviens de ça comme à présent lorsque ton papa avait approché sa bouche à mon oreille afin de chuchoter quelques phases, j'ai les oreilles qui bourdonnent. Ses mots sortaient lentement à compte-goutte. Lentement. Se ressemblait à un faux-bourdon. C'était un colibri efficient. D'ailleurs Joséphine: le son de sa voix se ressemblait à une grenade vrille délicieuse lorsqu'il me disait: «ma chérie Florinde, je vais t'emmener dans l'ile de la Tortue dans une soirée claire afin de contempler les Etoiles très basssssses. Très basssssses». Se me tressaillaient les chevreaux lorsque j'entendu qu'il embrouille dans ses phrases en espagnol et il me disait dans un français le plus raffiné: «mademoiselle Floride, en réalité vous être très belle comme l'étoile de Venues. Vous appartient seulement à moi je t'aime de tout mon cœur. Regarde comment s'est transformé ma peau en cuir de crocodile. Aïe!, Florinda! Je t'aime beaucoup!» Cette dernière phrase avait touché le point faible de son cœur comme une flèche, comme un dard qui m'avait cloué jusqu'au plus profond de mon être. Frédérique me tenait entre son poing. Mettre en cage. Poussée par un instinct inattendu» Florinda Lafontaine avait secoué comme une poule qu'un coq avait couvrir en se souviens de l'homme de sa vie. Apres que le tremblement s'est passé, elle continue avec son sermon afin de sauver a sa fille Joséphine de les ruses amoureuses de Jacobo Dominique. _ Ton père avait obtenir avec moi ce qu'il voulait parce que j'étais complément folle et aveugle pour lui. D'ailleurs : lorsque j'étais enceinte de toi il m'avait emmené à L'ile de Gonaïves pour qu'un guérisseur me fera un avortement mais un orage de tonnerres, de plus, des rayons et de étincelles nous ont faire retournés. A Port-Au-Prince. Quoique la commère Chomba Cienfuegos ne m'avait pas refusé, chaque fois que tu as un conflit, le ciel se couvert. On a toujours écoute un rugir menaçant. Il y a un esprit de l'au-delà qui veut te protéger. Je te jure Joséphine, que ton père a été mon premier amour, mon prince charmant. C'était mon saint homme comme me l'avait enseigné une doctoresse arabe qui avait son bureau dans le prestigieux secteur de Ibo lélé. A cause de ça. Il à faite de mil ce e lui chante. Cela lui plais de faire des promenades avec moi à Gonaïves et à L'île de la Torture dans son yacht. Mais il ne voulait pas que son épouse se rendre compte qu'il fait va et viens comme un dement par derrière de moi.

Je te jure que j'ai vu les étoiles très basses, Joséphine. Frédérique m'imbibait les lèvres avec sa verbosité séductrice il savait très bien comment faire ça il m'avait lavé le cerveau avec sa ruse après ça il a consumé mon cœur. C'est Joséphine qui a de l'importance, finalement, je suis enceinte et de là tu as venir au monde. Vous comprendre ? Je te demande encore: où étais tu hier soir , dans cette grande averse? A quelle heure que tu avais arrivée a la maison? Dit moi Joséphine! Ne me fait pas perdre la patience! La jeune fille a tordu ses lèvres.

Ne me dit de ne fait pas de soucier. C'est pour cette raison que je suis ta mère celle qui t'avait mis au monde avec les douleurs les plus fortes qu'on peut enfanter à une fille de dix livres. Comme le comble de souffrance, tu avais née (venir) de pieds. Grâce à les sages-femmes Tingo Florence et ma commère Chemba Cienfuegos, tu pourrais me tuer durant ta naissance. Elles ne savaient pas que si c'était moi qui avait rendu fou á Frédérique, ou si c'était lui qui avait cloué la flèche d'amour dans mon cœur. C'est très pénible lorsqu'on se trouve enceinte de quelqu'un qui se tenait à l'écart parce qu'il ne veut pas vire de ton côte. Ni non plus en mariage. Lorsque ton père se rendre compte qui je me rendais folle pour lui, il s'est grimpé sur un piédestal. Il s'est gonflé de fierté et de vanité. Le machisme caribéen s'est monté à la tête, écoutez-moi bien, Joséphine, ce que je vais te dire. Frédérique Duplessis avait la ressemblance d'un dieu grec sur une montagne lorsque je l'ai dit le «oui» il me tenait entre son poing. Bien ligoté avec son fouet enveloppé. Mais ce lâche à préférer sortir et courir. Comme un lapin a «ceux qui parlent» de la société haïtienne. Les gens me disaient d'une persistance diabolique: Florinda, cet homme ce qu'il veut c'est de te foutre et de t'embarrasser d'un enfant de n'importe quelle façon afin que tu resteras estropier. Femme: ouvrez les yeux et croiser tes pieds pour que tu ne seras pas échouer pour toujours. Peut-être tu as plus de confiance dans ton amarrer, que dans la réalité? Ne faites pas trop d'illusions ! Florinda Frédérique Duplessis ne va pas laisser sa position sociale ni sa famille à Pétion Ville afin de démenager avec toi à Cite Soleil. Quoiqu'il soufre et supporter dans sa chambre à coucher d'un mulâtre richard non, il n'allait pas se marier avec toi, plus jamais. Jamais Florinda, jamais! Ne t'habille pas, ça ne marche pas. N'oublie jamies qu'une guenon «singe», même si elle est habiller en soie guenon se restera.

Mais le mot «jamais» c'était comme la tête d'un marteau qui la frappait avec une persistance infernale. Devant l'insistance de sa mère Joséphine s'est limite de perler, elle regarde d'un autre côté:

Qu'est ce que vous voulez, maman? Pourquoi fait vous cette interrogation? Je suis une femme et non un petit garçon. Est-ce que vous comprend, maman?

La femme, s'est devenue furieuse et s'est laissée sur elle en dissent toutes sortes de malédictions. —Joséphine je t'avais dit ne me parler pas patoi (Creole) ni Français. Tu sais très bien que nous allons bientôt à vivre dans la République Dominicaine, pour une meilleure vie pour un futur mieux. Zut, je ne sais, ni ce que je vais te dire! Bonne perverse! Tu me fais parler en créole par tes stupidités et tes vagabondages! J'ai vagit te répété Joséphine, je ne veux pas te voir avec Jacobe. J'ai remarqué qu'il a seulement te regardé tes fesses. Ses yeux étaient cloués comme des charbons allumés dans tes hanches et commencés ont baissés de pouce a pouce. Il te dévora avec les yeux comme deux brasses. Comme deux Etoiles brillantes. Il regarde ton cops comme si tu étais une pouliche en vente aux enchères. Je ne veux pas que tu te compromettait, non plus de la dire «oui» ni à lui, ni à personne! Bientôt nous irons Pa Santo Domingo, là-bas tu vas avoir l'opportunité d'étudier et de travailler. Peut-être tu réussiras a rencontrer un Dominicain basané, ou un mulâtre afin d'améliorer la race. C'est pour cette raison que je veux que tu parles l'espagnol, seulement l'espagnol. N'oublie pas le résultat de» la pratique c'est la perfection». Tu entends bien Joséphine?

La réponse de la jeune fille c'est le silence. Elle savait très bien que Joséphine avait de raison. A Joséphine, elles n'aimaient pas ces conseils parce qu'ils ressemblaient a des conjurations incompréhensibles, pour son âge. Mais elle n'avait pas mal répondu. Sa mère l'avait conseillé pour son propre bien, son obéissance était impose pour la coutume caribéen de ne pas répondre d'une mauvaise manière à les supérieurs. Spécialement, lorsqu'il s'agit de la mère.

V

LA TRANSFORMATION

Lorsque l'officier dominicain avait demandé les documents, Florinda est restée pétrifiée, parce qu'elle se souvint de Maxime Malval l'officier se ressemblait de la tête aux pieds avec Maxime. Son uniforme et les écartions étaient presque identiques avec ceux qu'utilisait le mari qu'elle avait abandonné quelques heures de temps de ça. Ses lèvres se tremblaient de l'étonnement lorsque le militaire frontalier l'avait demandé:

_ Dou se dirigez-vous, Madame? _L'agent du contrôle d'immigration la regardait directement dans les yeux. Elle se tremblait de peur. Et grelottait comme un poussin. L'officier a profité de regarder avec ses pupilles comme deux grandes goutes de café clair. Les vêtements que Florinda et Joséphine portait étaient fins et transparents. Avant de sortir de Port-au-Prince ont l'avait dit de chercher des vêtements frais parce que dés la frontière à Santo Domingo elles allaient de suer «à grosses gouttes» pour la chaleur étouffante qui fouettait sans contemplation à La Hispaniola. C'est vrai, d'ailleur le trajet de L'artibonito à la Capitale Dominicaine c'est le plus chaleureux dans toute l'île.

_ Mesdames ou Mesdemoiselles _l'officier a répète de nouveau avec une courtoisie en cachette.

_D'où se dirigez-vous? _ A saint Domingue monsieur _le répondu Florinda en arrangeant sa jupe d'une manie presque automatique qu'elle avait Développér depuis qu'elle était une demoiselle. Ses fesses la laissaient presque nue à chaque fois qu'elle s'asseyait la jupe se le montrait. Elle est ma fille, elle s'appelle Joséphine, monsieur _ Elle a profité de parler avec le militaire afin de gagner la partie. Florinda a voulu empêcher que la jeune fille se laissait impressionner par les yeux d'aigle de l'agent et de le laisser voir sa poitrine. Joséphine se refusait d'utiliser les soutiens et le fascinait de se déboutonner la blouse à chaque fois qu'elle sentait de la chaleur.

_Quel est le motive de vôtre visite à la République Dominicain? A demandé l'agent d'immigration dans un Français affecté par l'espagnol, dans l'intention d'impressionner à les femmes. Le nez était tout en suer et les joues allaient se mettre en rouge comme des tomates avales face à l'exotique beauté de la mère et de la fille. Il prétendait continuer de posser des questions afin de satisfaire avec les yeux les envies qui les brûlaient en dedans. Mais lorsque l'oficier se rendre compte que son compagnon de relève, celui d'une mauvais habitude des son enfance avait une toux sèche, était presque arriver au poste de contrôle, il se limitér de dire à les interrogées tandis qu'en tremblant il faisait la livraison de les passeports:

_Tout ta bien. Bien venue à la nation dominicaine bon voyage mademoiselle!

Avec un sourire d'un chien frustré, l'agent d'immigration a ôté son képis. En suette, dans son incertitude il s'est éloigné en reculant dans un signe de respect. Sa tête était inclinée, mais ses yeux de couleurs de cannelles dévoraient les attributs féminins de Joséphine Lafontaine. Demi-nerveuse, Florinde à presque décoller un bras a la fille afin de monter rapide dans le véhicule avec les autres passagers. Le conducteur, visiblement fâche pour la Rétention et l'abus de pouvoir de l'agent d'immigration, il a fermé la porte du véhicule brusquement. Joséphine, qui a toujours conteur de marcher dans le couloir de l'autobus comme une modelé de passerelle s'est chancelée afin d'éviter de tomber. Mais durant le glissement elle est allée d'arrêtée entre les jambes d'un passager qui était assis dans le denier siège, dans la cuisine de l'automnes, là au le moteur se rugir en plaindre. L'énorme machine se plaignait comme un monstre métallique et rompre la gravité en brulant l'essence et le la houille inventé par l'accélérateur du chauffeur, celui qui avait un surnom de «pie de fuego», (pied chaud) en arrière es restée la chaude route nationale de pétrole que s'étendait et se déroulerait comme une énorme couleuvre. Dans la poussiéreuse frontière qui a séparer a les

Haïtiens et a les Quisqueyanos, immobiliser par la magie du temps le point d'enregistrement 'immigration, est resté par derrière. Les deux officiers se rapetissaient à la distance désolé. Malgré les querelles, Joséphine Lafontaine aimait sa progéniture. Depuis qu'elle rait tout petite la maman avait beaucoup souffrit avec elle dans le marché municipal de Port-au-Prince. La vue comment qu'elle a rejeté très désespérée á les gardiens qui cherchent de l'obliger de vider avec eux. Celle avait vu aussi a le redoutable Maxime Malval en demandant de la fidélité avec des menaces les jours qu'il la rencontrera en plaisir ave un homme tous les deux seront disparu de la planète. Les yeux du militaire haïtiens entaient comme deux brasseuses de feu. Les pupilles se croissent comme les yeux d'un bœuf. Avec le temps Florinda se rendre compte que le regard du militaire haïtiens c'est qu'il voulait l'hypnotiser et la dominer. La souffrance avait réussi la transformation.

Joséphine se souvient lorsqu'elle avait atteindre ses quines années. Le Capitaine avait profité lorsqu'elle était seule. Il l'asseyait sur ses jambes depuis qu'elle avait commencé à devenir une petite femme. Le plus terrible c'est qu'elle se sentait impuissante pour affronter ce harcèlement sexuel de son beau-père. De faire ça se mettra en danger la vie de sa mère. Aussi elle avait peur d'être privé de la location de la maison dans le marché de la capitale. Où Florinda se gagnait la vie en travaillant jusqu'à seize heures les sept jours de la semaine. Joséphien se souvient qu'un jour Maxime est venu à la maison avec quelques gorgées de Babancourt pour les quels qu'il n'avait pas payer ni un seul gourde ni un seul peso, il a profité qu'elle était entre le réveille et le dormir. Lorsqu'elle s'est réveillée complète l'homme la bécotait partout. Ce qui s'est passé cet après midi, était cloué dans sa mémoire elle sait très bien que le militaire était un «trompeur» de premier classe, cela lui plait de faire du chantages a les propriétaires des bars de la capitale afin de se laisser prendre les meilleures boissons sans rien payer. Tandis que pour les civiles qui vont sans acquiert son compte ils seront accuser d'un crime appeler «tricheur. Le public devait applaudir à l'officier Haïtien. Si on ne veux pas fêter» ses plaisanteries» leurs commerces seront fermer. Si ce n'était pas pour un courir courir qui a été formé par un groupe de turbulents qui e bougeaient dans les rues, en chantant des consignes contre le gouvernement, Maxime la pourrait convertir en femme avant son temps. Tout était tranquille dans la maisonnette que sa mère avait obtenir en faisant des travaux forcés. Les habitants du quartier de Cité Soleil connaissaient très bien à Florinda Lafontaine pour son intelligence et son habilité commerciale.

Son mari la recommandé à un Préteur de Petion Ville, du nom Mohamed Lammeche. Il était un immigrant de Turquie qui avait été convertir en millionaire du jour au lendemain. Les voisins ont dit que l'usurier avait faire ça puisqu'il a eu peur du militaire, que le désir de négocier avec Florinda Lafontaine. Il savait très bien qu'elle n'avait pas d'argent, afin de payer tous ces intérêts exagérer. En craquant les dents comme un chien avec de la rage il l'avait prêté cet argent parce qu'elle est la femme qui avait rendu fou á le Capitaine Maxime Malval. Les gens disaient dit qu'il avait abandonné sa femme de vingt ans pour sa condition de machisme caribéen. L'affaire a changée lorsque l'homme a tombé dans les pièges de la noire Florinda Lafontaine. C'était peu des gens qui savaient de ses secrètes intimes. Seulement se savoir qu'elle était une possédée de quelque chose extraordinaire. Des nombreux ont jurés que Duplessis, l'homme qui l'avait emmenée à sa maison et qui avait volé sa virginité afin de la convertir en femme se déplaçait aussi comme un fou à la suite d'elle. Il ne la perdre pas de vue. Se ressemblait à un enfant qui pleur pour la présence de quelqu'un à son côté. Frédérique Duplessis le mendiant, avec des pleurnichés d'un pécheur repenti, afin d'accorder de l'importance á son amour. Enfin, le préteur de Pétion Ville savait très bien que Florinda était la femme du Capitaine, il ne voudrait pas de problèmes avec le militaire. De gâcher son amitié c'est comme si on était tomber dans une disgrâce avec toute son armée et la police de Port-au-Prince. Sous cette terreur l'usurier n'osera pas la rejeter. L'emprunt de Florinda n'était pas une affaire de plaisanterie. La majorité de ses clients, à ceux qu'il suçait leurs poches en touchant de grandes quantités d'intérêts, avaient leurs commerces dans le marché de Port-au-Prince. Tout était sous les domaines et les autorités du commandant Malval. Quoiqu'il n'attendait pas aucune revenus du commerce de la femme, l'usurier Mohammed Lamech l'avait donné de l'argent afin d'agrandir sa petite commerce dans la capitale haïtienne.

_ Maudite situation qu'il y a dans ce pays! Avait commenté le prêteur entre les dents. De sa gorge avait sortir un gémissement comme on a enseigner a le chien, mais on ne l'avait pas donné le morceau de viande. Nous les commerçants nous sommes foutus! Ni Mandrake le mage peu nous sauver ni Trucutu «truculent» c'est une honte pour les commerçants d'Haïti que nues souffrons tant d'humiliation, zut! Je jure pour Alah, pour Omar Kadhafi, pour el Shan D'Iran et Saddam Hussain, laisserait d'appeler Mohamed Le mécher. Tout de suite changerait mon nom si ce n'est pas parce que les arabes, les juifs les turcs et les libanais doivent vivre et mourir là au se trouve enterrer son nombril. Je te jure qui j'irais pour toujours de ce pyas dans le premier âne qui se passe. Le négociant était étincelé de la rage, zut! Dans quel endroit on peut se cacher sans être de convertir lorsqu'on parle un mélange de français avec le turc et le libanais? Merde! Je ne jamais oublier ma grand-mère lorsqu'elle m'avait dit: Mohamed. Tu ne ressembles en rien à ton papa. A vrai dire c'était un homme. Il avait un sabre à double tranchant afin de se faire respecter. Tu es comme ta maman avare des pieds à la tête. Je ne veux pas la critique parce que après ça on va dire que nous les belles mères nous sommes mauvaises nos sommes des ciseaux par derrière les femmes de les fils quoiqu'elles sont mortes. Mais cette dévergondée était tellement pingre, le moment de sa mort, ont eu de faire une collecte entre les immigrants afin de payer son enterrement. Elle ne donne rien, ni de l'heure á personne lorsqu'elle a l'intention de faire ça il y a plus ou moins cinq au dix minutes en moins. D'ailleurs Mohamed ta mère était tellement mesquine tous les gens aussi que moi nous avons jurés sans aucune frayeur d'être condamner dans l'enfer, que le jour de sa mort ses tripes seront vendu par pouces. C'est pour cette raison qu'elle avait passé sa vie en accumulant de la richesse pour toi, qui est le plus paresseux qu'un gond. Ne te moque pas de moi bavard, pare que lorsque tu étais né tous les gens avaient cru que tu allais se transformer en un effémine. Jusqu'à présent je me souviens la voix de ta mère Adhulah Maglutta avec son complexe de prêtre du korán en te disant tous les matins: n'oublie pas mon fils que Allah est votre guide, et quoique nous sommes venu ici en Haïti pour sa volonté divine, nous devons suivre les mœurs: là où se trouve enterrer le nombril, le propriétaire sera ensevelir! Cela c'était dans l'unique que Adhulah et moi nous avons coïncidé. C'est pour cette raison, que les douze filles et un fils qui ont été nés en Haïti et ils sont restes là. Rappelé-toi bien que le vagabonds de ton père a été marie avec Adhula contre ma voleté. Il allait seulement à dormir là ba quoiqu'elle avait dit qu'il est utile pour ronfler dans la nuit de la même façon que les cochons. Je n'obéirais jamais un jour lorsque ton père se dirigé vers la mosquée du Cap-Haitien. Là-bas il s'est soulé avec du rhum bon marché. Finalement il était un libanais comme ta mère. Tes parents faisaient des paris à le plus avare. En faisant de l'inclination jusqu'à terre, en signe de révérence, et dit: «Que Allah se mettra a les deux défunts entre sa poitrine. Mais je devais te dire ça comme le bavard de ton père avait beaucoup d'argent pour jeter, il est á elle à Dajabon. Là il se faire passá pour un fou, il a soudoyé a les, Militaires de la frontière afin de le laisser entrer sans aucun documents dans le territoire dominicain il est allé a Montecristi: beaucoup d'années ont été passée sans tien savoir de lui. Lorsque j'avais reçu sa nouvelle me dirigé là-bas. Je l'ai rencontré habillé en pasteur il se mit à vociférer a les présents en disant repentiez-vous, car le martyr vient bientôt! Ne vous attacher pas à les choses matériels remettez vos biens au premier passant, parce que peut être c'est le messie qui est venu afin de vous prouver. Je droits te dire que Mahomed, ton père faisait des culbutes comme un bouc lorsqu'il prêchait entouré de belles femmes, avec la peau de cannelle comme il aime. Lorsqu'il m'avait vu, une crise cardiaque l'avait attaqué à cause de la peur je suis obligé d'apporter le cadavre, que Allah me protéger si je l'ai eu fait mal! Mais ce malheureux n'avait pas tenu la promesse qu'il avait fait à son père, pour bien dire à ton grand père, afin de m'aider à élever, et éduquer ses frères, il avait l'intention de nous abandonner. zut qu'est-ce que ce bavard avait cru?

La dame avait mettre en question á elle-même. L'immigrante libanaise avait tombée dans un moment difficile. Elle tremblait de peur. On l'a entendu chanté des chansons et récité des chapelets de prières dans sa lange:

Allah! Chabuh! Mutalah! Mahome! Le prêteur à continuer à voix haute. Et il a ajouté: Ce que je me souviens plus de ma grand-mère, c'est lorsque j'ai la vue avec sa tunique de laine comme de la neige avec la tête en bas, et les fesses en haut. En faisant des prières. Elle se ressemblait à une autruche. Je me sens, très dérangé parce que je ne jamais vu le visage de ma grand-mère. Et personne non plus le voir. Quoiqu'elle était la sage-femme de toutes les immigrantes du Moyen-Orient de Cap-Haitien et de Pétion ville. Sans attendu le ton de sa voix à commencé de changer.

_ Cette situation de merde je ne peux pas la supporter! Pa Saint Domingue on ne peut pas y aller parce que Trujille arrachera les testicules de les commerçants usuriers seulement c'est lui qui a le droit de voler! Ici à Port-au-Prince c'est. Ay mamasite! ici il y a une invasion de Léopards, de Tontons Macoutes et des Attaches ils sont des mendiants qui font de la mendicité plus qu'un chat qui est amarrer!

Le commerçant était comme s'il lançait de la fumé et des étincelles. Comme il était concentré dans sa colère. Ne se rendre compte qu'un jeep de la police secrète s'approchait avec des précautions. En cet instant, il a levé sa canne afin d'éloigner un mendiant qui lui demande de l'aumône. Eloignez-toi du chemin! Ne te dérange pas de me demander une gourde, ni una peseta, non plus un dollar américain, vagabond! ne me demande pas de l'aumône parce que dans ce pays celui qui ne peux pas courir c'est une bête volaille! Je ne suis pas un bébé qui suçait son pouce. Je sais bien que peut être tu es l'un de ceux qui s'alimentaient avec les chèques de ce gouvernement!

Le mendiant s'est déplacé comme un éclair lorsque l'un parmi les policiers s'est descendu de la jeep et il l'avait lancé trois coups avec la crosse du fusil. Apres de faire fuirez a l'intrus, le militaire s'est approché avec une courtoisie auprès du préteur Mohamed Lameche. En faisant des salutations et il le dit: _Monsieur Mohamed, si quelqu'un est avancer auprès de vous pour vous demander de l'argent au pour vous déranger vous pouvez nous appeler, parce que nous sommes là afin de protéger à les citoyens honnêtes comme vous et à la propriété privée contre ces crasseux ambulants.

_Merci beaucoup, monsieur le Capitaine!- le réponde le préteur sans apercevoir que le militaire était un simple sergent de la police haïtienne. Ce n'était pas un officier comme j'avais pensé. Quoiqu'il était encore sous la peur du danger qu'il se trouve, le prêteur est resté muet, en observant avec les yeux incrédule d'une chouette.

Le déplacement de la patrouille militaire qui s'éloignait à une grande vitesse dans les rues poussiéreuses de Cité Soleil en direction du quartier de la Mulâtre.

Je pense que dans ce pays même les murs entendons lorsqu'on parle, je dois être plus prudent parce que si quelqu'un m'attrape en parlant contre le gouvernement, on peut me casser la bouche et aussi les testicules.

Comme il n'avait pas encore de se débarrasser de toute sa rage, Mohamed Laméche a profité le moment d'une agitation dans les alentours de la place commerciale et il a dit en bougonner entre les dense et le nez: Merde, les gens du gouvernement ont en train de manger nos revenus! Que personne ne me critiquer pas. Les préteurs honnêtes, comme moi, nous facilitons avec plus de rapidité les transactions d'argents que les banques. Ce qui se disposait d'attendre les démarches de les banques de ce pays des cheveux blancs serons né dans le pubis au lieu de mentionner les autres parties. À nous les usuriers on nous appelons les avares. Autres ont dit que nous sommes des mafias. Mais ils ne savent pas que nôtre argent sort là pour là bien chaude. Sans aucun détours ni d'amarrage. Diable! Je ne sais de quelle façon que la noire Florinda· Lafontaine va me payer mon argent?

Le commerçant s'allait tout en colère. Il suait à grosses goutte. Il a retiré dans sa poche un mouchoir pressé- afin de sécher sa figure. Et on l'entendu crier:

_ Je ne sais que tant d'activités que les militaires d'Haïti ont que personnes ne peuvent pas ni respirer avec eux. Ces bandes de…»

Comme si c'était l'œuvre d'une malédiction, le jour qu'il était allé à remettre cet argent à Florinda il avait reçu un mal au cœur très fort pour un peu il fallut tomber mort à contretemps. Tous les gens ont dit que cet évanouissement de ce préteur est à cause de la rage qu'il avait à l'intérieur. Déplus bien des temps il était mal à l'aise et affligé parce qu'il était forcé de prêter son argent à Florinda Lafontaine. Dans cette circonstance on a fait des pressions sur le commerçant afin d'accepter il savait que la pression de Maxime Malval se sent á des magouilles. Il devait accepter un chantage de plus de l'officier. Sa grosseur l'avait mis en ridicule. Lorsque sa bedaine blanchâtre par des taches de foie qui était sur son nombril avait resté découverte. Les vendeuses du marché an venues en son aide afin de faire toute sorte de remèdes. En passant sur lui, les femmes se secouaient les jupes de leurs robes afin qu'il peut respirer un air frais. Elles ont voulues de revivre à le préteur de son mal de cœur. Elles bondissaient comme si elles étaient dans un rituel de sainteté. Elles sautaient et criaient tout autour de lui. On le soufflant avec la bouche et avec n'importe quel morceau de carton qui se trouve dans le lier. Le soufflant comme si s'avivera un feu éteindre. L'homme à continuer en sens dessus dessous au milieu de la foule. Beaucoup de les curieux étaient effrayés du dehors et content en dedans. Après tout, le préteur avait les testicules d'un poulpe qui exploitait à les petits commerçants du marché de Port-au-Prince. La confusion qui a été formée se ressemblait à un spectacle d'une séance de vaudou. Mais, ce qui a fait que le commerçant est revenu à lui et se lever le plus vite que possible, est à cause d'un coureur qui a été commencé dans le lieur entre deux commerçantes de la place qui se disputent l'amour d'un homme, dans l'ignorance de la gravité de son étourdissement, les deux se mirent á vociférer en pleine rue en disant tout sorte de paroles, en laissant très étonnant à les présents. Un chien errant avait profité ce scandale afin de poursuivre à n chat terrorise afin de prendre dans sa bouche un morceau de viande. Le morceau de viande que le félin avait volé est plus peser que son corps, lorsqu'il a vu presque attraper par le chien errant, le chat a opté de le laisser tomber pour que son persécuteur se donnera ce banquet, le quadrupède à Justifier que son vol a échoué. Comme ça il a reconnu son erreur et ce n'était pas son tour de dérobe, parce que dans sa vie plusieurs fois il avait abusé de son ennemi éternel. Pour cette raison il courait et courait en zigzag. De gauche à droite de droite à gauche. Se faire des glissades aveux sa queute levé entre les pieds et les trucs de les vendeuses, dans sa fuite il n'avait pas souffrir aucune métamorphose parce au 'il était aussi noir, comme la peu de la foule qui était tourbillonné par curiosité afin de voir plus près ce qui avait passé à le préteur de Pétion ville. Ça fait beaucoup d'années que Florinda

Lafontaine avait fuies pour l'aggravation de la situation politique et économique d'Haïti. Surtout, les menaces de son mari le Capitaine Maxime Malval la inspirée de terreur. Le moment que les rayons de soleil ont commencé de poignarder la terre afin de la chauffer, le capitaine malval ensemble avec sa fille ont passer par la zone frontieres de jimani en direction de la capitale dominicana. Il avait une vision remplie d'exèriances et de capacites, mas peu d'argent afin de se situe dans la terre que cristobal colon a beaueoup aime. Lorsqu'il est arrive il ne se trove pas en ecrite en saint dominique. Kabas il avait un armee de tonton macotes au service du président François duvalier. C'est une grande peine pour elle de laisser maxime comme ca. Quoiqu'elle ne l'avaitpas aimer comme elle aaimer frederique duplesir, elle a beucoup de reconaissances pour militaire était n appui pour elle. En haiti,de meme dans tout les autres pays celui qi na pas personne pour l'aider sera ne hérétique. Florinda était acculee. Dans la societe qu'elle vivait était machiste, ce n'était pas ne cotume qu'une feme comme Florinda Lafontaine se defier a son mari. C'est pour cette raison qu'elle a acceleper sa fuite vers la république dominicaine. Pour son mari il avait franchir plus loin de son limite. Non seulement il faisait de la jalousie même pour son ombre, mais elle l'avait trouve le moment qu'il faisait des propositions amocurreuses a sa fille. Florinda a voulu sauver Josephine de cette situation. Son futur rera plus noir qeau, si josehine se restera vivre avec maxime malval sans, y penser plus, elle a traverse la division qu'il y a qu'il y a entre la republique d'haiti et la quisqueya, del occidente a l'orient. La mere et la fille venaient de tranportees dans un moment tres difficile. Les deux avaient prendre n breuvage que la gueriseuse chemba cienfuegos a prepaerer elle était le seule personne en connaissance du voyage de deux immigrantes haïtiennes.

Ma commere florinda a dit chemboase commere aussit de traverser la frontiere.n'oubliez lisil le prendre ensemble avec Josephine. Des que tu as vu que ma fillele a pris la premiere gorgee toi buvez la vôtre. Mais une gorgee bien longue. Bien longue ma commere. Afin d'btenir un bon résultat. Il ne faut pas parler a personne de ce contenu. C'est un seeret entre vous et moi. Buvez le et avez confiance en moi. Je suis ta commere de sacrement par le volonte du loa felimon Latapie

, que plusieurs fois m'abeaucoup secourir. Il a fait ca seulement pour m'aider, ma petite commere, n'oubliez pas que j'ai prepare ce remede et tous les loases et les zombies pas que j'ai presentes par paap mue, et son exellence monsieur jean bertrand buitre. Losqu'elle est terminee de prononcer le mot « buitre », son corps est entre en transe elle a commencé de se secouer de la tete aux pieds, en prononçant des paroles que seulement elle les a entendue. Avec les mains tremblantes, la sorciere a commencer de passer sur Florinda lafontaine, les deux boutelles qui contient la prise de mori vivi, cantaclaro, graisse de cacao, et oeif de choeutte.

Florinda et sa fille allaient dans les limbes depuis qu'elles ont franchir la frontiere. C'est comme ca les esprits du grand congo les a voulues. Les hommes du douvernement se sont dissemines dans les quartiers marginales de saint domingue, ou vivaient et frequentaient les immigrantes haitiens. Par consequent, pour le capitaine maxime malval ne serait pas difficile de decouvrir l'endroit de florinda et Josephine la-ou elles se cachent. Sans ausune doute il viendrait a sa recheche. Si elles n'acceptaient pas de retourner a Port-au-Prince de «bon gré», elles seraient emmener par la force. Le pire c'était aussitôt qu'elles mettaient leurs pieds sur le territore haitien les deux souffriraient les punitions les plus severes pour la hardiesse parce qu'elles l'avaient laissé. Les deux connaissaient par faitement les methodes de vendeance du capitaine, Malval. Sa renommee était grande dans les corps represifs de l'armèe était grande dans les corsp represifs de l'armee d'haiti. Il a il a puni les femmes de la meme facon que les hommes. Il se moquait fre quemment en repetant une phrase d'un expresident dominicain, que de sa bouche sallait plusridicule satcasme.

_ A les femmes, j'ai les traitees « Sans injustice ni privilege ». comme ca apprendront de ne pas lutter pour la liberation femenine.

La mere de meme que fille m'appartiennes. Les deux sont sous mon control. _ Federique duplesir a voulu mourir pour elle. Mais il la laissé parce qu'elle ne veux pas faire un avortement. Le capitaine maxime malval est appru tout d'un coup. Il était le superviseur du marche. En Haiti aussi les petits poissons sont avales par les gros. Personne n'osait de l'approcher pour la crainte de sa position hierarchique. L'officier ne se laisser pas tomber dans aucun piege de personne. D'apres les gents on ne peux pas prendre la couleuvre avec un nœud. Pour cette raison, lorsqu'il avait vu que le monsieur duplesir est arricer pour faire une ronde amoureuse a florinda, le militaire riait a monsieur duplesir. C'eta c'était un faux sourir e. une voisine qui detestait a maxime malval a sure que si l'officier était un travesti serait l'image vivante de iris chacon avec sa sourire fixe. Lorsque l'homme se riait, se ressemblait a un chien avec une attaque se ba rage. Il avait meme montrer une dent de sagesse, dans la quelle brillait une courone d'or qui faisait des eclairs et tintait dans la bouche exageree du capitaine. En plus on le faibait le salut en attiention comme si le richard de petion ville était un général de cinq Etoiles comme s'il s'agit d'un officier d'un plus haut rans, habiller en civil.

Le monvieur frederique duplesir l'ignorait parce qu'il ne connait pas les intenrions du capiteine. Il ne voudrait pas que l'on l'egalisait avec son ascendance et son prestige dans la société de Port-au-Prince. Maxime malval a prefer de ne pas se laisser tomber dans un piege. Non plus discuter avec un homme blanc qui avait abandonnè l'apogée de sa culture afin de descendre dans le quartier de cite soleil a la recherche de florinda la fontaine. Il venait deux et trois fois par semaine dans son automobile mercedes benz avec les cristals fumes et un telephone cellulire devant un regard étonné. Le capitaine a profitè de cette circonstange afin d'obtenir l'amour de Florinda en utilisant quelque ruse pour l'attraper. Il voudrait que la dame le lonfirme le «oui». Elle était libre de prendre n'importe quelle decision. Non seulement qu'il la regardait, mais il a enfile son canon avec toutes ses forces afin d'entrtiller a la femme. Ni une seule noite a été derouler sans que maxime ne cessera pas de délirer pour les attributs de cette grande dame. Un jour il était avec ces yeux comme une couleuvre, lorsqu'il oposservait tout les mouvemensts en cadence de Florinda lafontaine dans son labeur de vendeuse , il failli perdre son rang, parce qu'il na pas ecouter une voix qui disait:

_ Commandant malval! Attention mon capitaine! Ecouter avec beaucoup attention mon capitaine il y a des brits qui courent de que le president papa doc duvalier est tres grave!

L'officier continuait stupéfait, aneant et congeler. Il était captive comme si se n'était pas avec lui. Il était dans le limbe. Il parait que cele avait peu d'importance pour lui ce que son subalterne l'avait dire. Peut-être il se faisait passer pour un fou. Avec ses yeux enfonces il regardait tous les demar ches exorbitants de les hanches de Florinda la fontaine. Il continu de regarder d'un endroit a l'autre. La femme a continue de faire ses agitaitions de va-et-vient derrière le comptoir comme si rien n'était passer. Elle se faisait croire qu'elle ignorait les regards incandescents de l'officier de la police. Pendant ce temps, Florinda e déplaçait comme une pouliche voluptueuse. Sans attention maxime a crie.

Qu'est-ce que vous voulez, tonnerre! _il le dit enrage a son subaterne qu a voulu le retirer de son ravissement. Qu'est ce qui se passe, bon salope! _mon commandant le repondu le soldat dresser comme une statue désole de vous rerange, mon ca-ca ca-ca capitaine!Ma-ma-mais je je je une chose pour vous pa-pa pa-pa!

Comme le messager était peur, il a commencé de bégayer lorsque les yeux de serpent de maxime l'avaient transperce avec son regard hypnotique.

Tais-toi et parle imbécile! Maintenant jet' écoute, et tu as commencé de caqueter comme une poule rodeuse. Le soldat ne l'avait pas répondre. Ese genoux trecimblaient devant les yeux du capitaine. Il tremblait aussi parce que la nouvelle l'avait effraye: «Le president a vie d'Haïti pancho duvalier est fravement mala de et les gens annon caint un coup d'était dans le pays».

Le capitaine malval était un métis qui avait atteindre le niveau d'un officier parce qu'il avait des familles dans des hautes positions militaires dans les torces armee du pays. Sa montee était meteorique, et vertigineux. Ca rivent aussi l'efficient devoir qu'il avait accomplir dans l'armee. Il avait été dans de plusieurs casernes de l'interieur. Les adversaires politiques du gouvernement l'avaient de terreur il s'enorgueillir que dans ses casernes les orbres s'imposaient de n'importe quelle façon.il jurait selon lui, le président peut arrivez sans escorte parce qu'il était un bourreau dans la region qu'il comandait. Officier se mit a vocifer a voix haute:

_ Je ne seraiplus maxime malval si je n'arrache pas les tes

ticules de celui que vient ma deranger avec la vaina esa «laifaire qui circule comme une épidémie entre la jeunesse. D'Haïti de liberté, fraternité et de communisme. Je te jure j'arrache rais la tète de ce lui qui me parle de révolution. Ici ne passera pas la même chose de Quisqueya la belle, que les révolutionnaires se lançaient dans rues en jettant des pierres, et les autres entremetteurs les suivaient en vociferant des consignes les plus insensées. Grace a papa boco les americains ont arrives. Si se n'était pas pour eux les dominicains seraient sous les ordres pour le momenet ruines a cause le revolution d'avril de 1965 .j'aimerais que les communismes et les turbulents ont tenter de faire la meme chose ici en haiti, afin de les egrener comme s'ils etaient des peaux de mais.

Maxime malval avait souffrir une aberration de les _____ lotionnasses d'une mauvaise exercice qui l'avait arrive dans la republique dominicaine. En mai de l'annee 1965 son père était sur le point de mourir lorsqu'il avait été blesse par un groupe de turbulents qui venaient ses pas, les rebelles vociféraient des consignes contre les états-unis qui avaient finit d'envahir le pays dans les ouatre points cardinaux.

Quisqueya et vienam unis nous vaincrons les ennemis! Que les etrangers s'en vont de quisqueya! Cette lutte ne s'restera ras ni avec des bomes, ni avec des balles! Vivre mao tse tung, vivre fidel castro et vivre ho chi ming! Les manifestants repetirons les phorases comme s'ils etaient des rerruches et des persoquets. Bien que se sont des phrases importees en langages et en cultures eloignees, personne avait rester en silence jusqu'à ce que l'un des leaders crie en anglais :

_ Go bach home, yankees!

Come par enchantement, le temps s'est reste statique la multitude est restee muette a propos. Dans cette instant, la voix d'une dame agee desesperee qui agitait un mouchoir rouge s'est écoute au fond de la foule tremblante par l'emotion a griée :

_ A bas pour ceux qui montent. Tonnerre ! cette lutte ne s'arretera pas ni avec des bombes, ni avec des balles !

Le chœur de los protestants la suivi. Une rafale de balles gui carillonnent a l'unisson. L'un de les projectiles avaient trans perce les deux fesses du père de maxime. Pour un peuil a sauve de la mort le commerçant était de propriétaire d'une fabrique de chaussures de san Pedro Macoris bien qu'il n'a jamais fait rien de mal aux gents du lieu, il ne prete pas aucune attention a les demandes a cor et a cri de les révolution naires qui avaient ordonne de fermer la fabrique afin d'appuyer a les constitionnaires qui s'affrontaient a les envahis seurs. Le commercant avait emgre a vec sa famille pour eviter les persecutions du président paul malgloire. Son re gime avait a monieur malval de participer dans un complot afin de renverser son goucernment. Apres plusieurs annees que duvalier a gagne les elctions, son père est retourne a port-au-prince. Maxime malval était un petit homme, lorsqu'il retournait accompagne d'une belle-mere dominicaine. Il savait l'espagnol a la per fection. Pour cette raison, s'il se proposait, dans peu de temps il rencontrera a Florinda et sa fille dans d'importe quel lieu qu'elles se trouvent. La raclee sera impitoyable. Florinda a pensee.

_Je suis tombee en disgrâce lorsque j'avait dit out a le capitaine malval. _ la femme a commencè a ecoute la voix du comme dement qui se faire entendre avec force et avec son interminable litanie de malédictions pendant qu'elle attendait tres ettrayee de peur.

Femme je te di que le suis ton male et tu est ma femelle. Qui personne n'osait te regarder. J'ai dit abalumment personne s'osait de traverser entre toi et moi. Si un jour je te trouve en faisant des beaux yeux, etdes rires aux eclats avec un homme, je vais te deboucher les cervelles. Tuesma femelle,. Mamasita. Tu est la mienne o de personne.

Tu m'apparienne uniquement. Tum'as bien entendu? Donc parle dit moi quelque chose?

Quoiqui'il avait nie avec insistance, a chaque fois qu'il se souvient du primier amour de Florinda lafontaine, la jalousie afait des ravages dans ses entrailles. Ca l'avait produit des creux d'estomac. Il a voulu de vomir. Il s'est retendu. Il avait cracher plusieurs fois d'une broille et de la page. C'était une manie des son enfance par moyen lequel il craca trois fois, a chaque fois qu'il se trouve contrarier par quelqu'un.

_Je sais très bien que tu n'as jamais oublier a cet homme qui t'avait donne cette vantre. C'est dégoutant. A chaque fois que je me souviens que tu avais dit, oui a le grand monsieur de petion villa. Tu as tes ovaires comme deux rieues d'arillerie d'un canon parce que tu sais tres bien que je t'aimais jusqu'à la mort. Mais tu as laissé tomber ca tu as laissé la carabine sur l'épaule comme nous disons dans un argot militaire lorsqu'une femme arepousser a un homme, a un mâle d'homme comme moi.

L'officier se ron chonnait, e se plaignait de la rage je ne sais pas pourqui le monde est comme ca, florinda toi, qui est une noire comme la nuit bonne femelle, mais moi je suis un métis. Non un blanc français comme se dit les gents, me fascine plus les noires que les femmes blanche. Que differance il y a dans la vie!

Il avait dit ca avec sarcasme et en fureur, comme un taureau féroce, tandis que la femme resta en silence,

VI

LA REPONSE DE LES DIEUX

Ce que les dieux avaient demande n'était pas une chose de l'autre monde. Ca fait plus de deux cents ans qu'ils continuerons de benir a tous les morts afin de transfor mer les cimetières en demeure pour ceux qui allaient former l'abmee de la mission unificatrice de l'ile la hispnaiola, formee par toussaint Louverture. Dans certains pays non se permettre pas de battre les tambours parce que ses instruments avaient incite dans la libération d'haiti. C'était une forme de communication entre les esclaves noirs et le sauvages du douveau monde. En plus, poursuivre a les tambouriners dans les montagnes n'était pas une chose facile comme se faisait dans les territoires negriers de louisiana nueva orleans et charleston, ou des milieres ont été pendus la situation géographique était différente a celle de brasil et a la de les iles caribeexb.

Le pays était à l'affut pour les réunions qui avaient le pays était l'affut pour les réunions qui avaient célébrée dans toute l'affut pour les reunions qui avaient célébrée dans touts l'ile. Tout était prevu avec les rencontres de les politiques et les bigots se préparait le terrain pour l'arriver du nouveau régime. L'aube s'apparaissait dans le région de San Juan de la Maguana. Les dechets de la nuit s'allaient s'effacer aux alentours du nousveau jour.

La ceremonie allait se commencer. Petronilda chavalierr s'est plie en deux. La sorciere se contorsionnait comme un reptile. Elle était presque dans un moment spirituel difficile. A cote de la prêtresse se trouvent deux je unes habilles avec des perles de toutes classes qui etaient accroches sur ses corps fabuleux et façonner au tour, a dem nu, avec deux manteaux transparents qui dessinaient avec le contact de la brise, les attibuts qui devra entre protéger de n'importe quel regard curieux ma intentionné. Dans une harmonie symétrique, entraient les rythmes de les mouvements corporels lorsqu'on a entendu les sons que les tambours avaient enchérir la cérémonie continue au milieu du salon, la femme s'elevait vers une dimension métaphysique. Le père de madame petronilba chevalier était haitien et sa mere dominicaine. Elle était nee dans l'ile de la tortue, au nord-ouest de port-au-prince. Elle avait un physique extraordinaire. Ses cheveux en étaient long et ondule. Ses yeux étaient bieu comme le ciel. Ses lèvres etaient epaises et a bouche avait une charme parti culière combinee avec le son desa voix et parcimonieusement, elle avait l'impression d'une femme provovcante et sensual. Pour une raison de repect ou pour une peur mysterieurse, personne n'osait la regarder avec luxure. Elle avait quarante-quatre années. Et plus de quinze ans dans une solitude complete, apres la mort de son mari d'une façon très mystérieuse comme il vivait. Il était l'un de les magiciens le plus célèbre de San Juan de la Maguana. Son pouvoir avait augment comme la mousse lorsqu'il est devenir le samedi o le baron du cimietiere pour etre la première personne morte du nouvau cimetiere de la region. En accord avec la religion voodou, le premier defunt qui est enterrer sera atribuer par des pouvoirs extraordinaires, post mortum. La mort de Filimon lavapierre était arrive dans un bizarre accident lorsqu'il s'est écroule par une baraque quand il fut de retour d'une réunion spiritisme dans le village montagneux d'arcaje. Seulement on a trouve sa camionnette et quelques choses personnelles telles comme une cape de soie chinoise, une épée a double tranchant, trois amu lettes et plusieurs animaux empalles, les villageois leur femme ont convaicus qu'il est devenir un baca. Non seulement parce qu'il était un membre du respectable concile supérieur de magiciens et de guerisseurs dominico haitiana. Mais aussi parce que Filimon lava pierre représentai a les ensorceleurs metis o mulâtres que liberaient a les noirs e imposait le nouveau royaume dans toute l'ile de saint domingue, pour petronila chevalier son mari n'était pas mort parce qu'au fons du ruisseau se trouve un flancon d'un poudre blanc comme de la farine. C'était la substance qu'utilisait Filimon pour se repandre et decendre a des différents etats physiques e métaphysiques afin de se convertir en zombie.

Les travaux de sorcelleirs de petronila étaient nombreux e effectifs. Sa renommée a beucoup augmentée. Des nombreu de devots ont venu dans des différents regions de la republique dominicaine, Haiti et de tout caraibe pour consulter avec elle. Ses entouranges se souvient d'un episode qui a laisse comme resultat une jeep de luxe et beaucoup de renomme internationale. Cele s'est passe lorsque'une famille tres riche de New-York avait emmene son fils a petronila afin de retirer quelques mauvais esprits qui le tourmenetaient sans relache. D'apres les commerages ses allussitaions n'etaient plus

ue le resultat de son addition a les stupefians, dans la communauté de Sanjuanera, cependant, ils avaient quelques commeentaires rarea propos de quelques bruits tres bizarres qu'on a entendu peu avant minuit. Beaucoup de les devoits et les adjoints de madame potronila chevalier disaient ent juraient que c'estait lebaca de felimon lavaiper, qui était enrage comme un bete feroce, transforme en une gigantes que choutte a fin de surveiller sa femme tandis que le autros juraient que les gémissements etaient pour la decharge electrique dans son affrontement de corsp a corsp, avec les mauvais esprits qui avaient homme avait 29 ans, il a se journe durant trieize jours dans la résidence de la bigote de San Juan. Apres quelques seances e la devouement de petronila, le Dominican youk est sorti tout neuf. Complefement gueri. Actuellement il est la charge de les commerces de sa famille danss les etais unis d'amerique. Personne ne sache pas avec certitude, quel sorte de travail spirituel que petronila avait realise a l'immgrant de New York. Cependant, on sait, qu'il a été guerir et s'est transforme complétement. Maintenant le «dominican yourk» vient a se dépouiller avec une régularité efficiente a la maison de la sorcière. A petronila chevalier la conside rait comme une medium entre les gents et les saints, les nouvelles courent. La reputation qu'elle avait gagner pour ses travaux spirtuels avait atteindre les contours de san Juan de la Maguana, de Puerto Rico, Venezuela, et santa Cruz venaient des dizaines de dévots mensuellement a se dépouiller chez la spiritualiste. Beaucoup avaient de foi en elle, non seulement pour la facon que les es prits la montaient. Mais c'est pour ses guérisons.

Les prits le montaient, mais c'est pour ses guerisons. Les gents du sur expliquaient lorsque les astres s'alignaient on le voir voler sur un cheval noir habille comme la cacique Anacaona, la femme montee a cheval, en sautant les colines et les Montagnes. La cavalière, un peu nue, entonna la meme mélodie que reine d'indigene avait chante ensemble avec les endiens dans le messacre de San Juan. Dans ce massacre la reine est morte ensemble avec des milliers de ses vassals, pénètre par les implacables épées d'acier a double tranchant de les colonisateurs espagnols.

Le chemin qui conduisait vers la petite campagne ou se trouve la maison de Petronila chevalier de lavapierre était tres longue. L'ensorceleuse vivait dans une grande maison peintre en bleu et blanc. Les persiennes et les portes étaient de couleur vert vif. Le devant était drcore par un ilmmense jardin remplit de fleurs blanches et violets au fond trois croix en ciment étaient construit. Mais l'image du centre était particulière. Celle-ci avait deux gigantesques chouettes dans chaque bras, des l'extrémité de la croix, le visage en sanglante d'un roi noir qui suivait avec les yeux hébètes a le curieux qui s'osait de lever la tète pour l'observer. A le singulier phénomène se le donnait des pouvoirs d'outre-tombe. Etaient beaucoup qui croyaient que le mystère de la croix était un accord avec les dieux d'Afrique. Le mari de petronila chevalier l'avait fait avant de mourir afin de protéger sa jeune veuve de celui qui voulait causer quelque danger fisique. Le mystérieux s'est que les chouettes avaient restées immobiles durant toute la journée. Mais pendant les nuits quand le soleil se cachait, les oiseaux rapace volaient sans arrêt dans toute la région.

La tranquillité était absolue. Mon se permettra aucun bruit. Pour que l'ambiance se fera plus sacrée les dévots se devaient compir l'ordre d'habiller de blanc en hautet en bas et marcher sans chaussures sur les terrains de sainteté de saint jean.

Dans toute la république dominicaine il n'existait pas un sorcier plus fort et plus complet que Filimon. Ainsi parlein convaicus de ses miracles, les dévots du guérisseur filemon lavapie les croyantes le défendaient avec de l'energie, avec fantisme. Ils voudraient que la veuve entendait ses louanges. Ils savaien que petronila chevalier avait devenue veuve très je une. Son nom n'a pas entendu mentionner dans aucun mauvais pas. les «brauhahas» de la region avaient des en vies folles pour se jeter sur la veuve de filemon. Mais personne s'oserait de faire ca.

Comme une prueve de sa fidelite, lorsque la veuve avait ecoute qu'on a pronncer le nom de son defunt mair, quelques mouvements tres rare l'avaient donnes. Ses levres tremblaient; vibraient et produire le son d'une chevreau en chaleur. Son corps souffrait des frissons intermittents. Les tremblements l'avaient beaucoup secoue. C'était comme si un mauvais esprit l'avait penetrer. La femme, utilise son corps et ses magques extravagnaces se tordait de la tete auc pierds. Les gents obervent tres étonnant chaque mouvement coporel ses cheveux etaient longs et argentes. Ses yeux s'ouvriraient et se fermaient. Se fermaient e s'ouvriraient comme s'ils cherchent et examiner en detail a chaque personnes qui se trouvent presents les pupilles tranchantes et radicules son semblable à deux rangs du feu que se trouvent clouer dans la reau ravir de ses croyants. C'est comme si les yeux allaient sortir et mastiquait un morceau de tabac épais. L'inexplicable: c'est que les presents nesayavaient pas ou allait s'accumuler les bouffée de fumee que petronila aborbait avec tant de plaisir, l'une après l'autre du cigarette qu'elle consommait. Bouches ouvertes etaient les présents parsqu'ils ne comprendraient pas la raison del'inefficaciete du rhum babancourt qu'elle avalait comme si l'alcool était de l'eau pur avec les yeux demi fermes, la sorciere allait de regarder d'un endroit a autre. En lancant des craches a droite et a gauche. Les crachats qu'elle jetait contenaient des particules d'hallucinogène e la salie de sa bouche. Puisque personne n'osait lever la vou pour regarder la femme dans ses yeux. Ses pupilles avaient convertir en deux rayons mystérieux qui ensorcelaient, et que brulaient. Les gens qui se trouvent pres ent la, font partie d'un groupe d'immigrantes qui etaient aussi a l'attente de se qui venait de planifier de génération en génération, de sielce en siecle. Tous les sorciers, les ensorceleur, cagots t guérisseurs d'origine haïtienne, d'où ils se trouvent, ils avaient recu l'otdre de les saients superieurs de coordonner la reconquête nationale de la hispanola, dans cette semaine sainte, afin de la transformer dans une seule nation caribeen. La cons titution d'haiti l'a ordonne comme ca. Petronila chevalier appartenait a la société, clandestine spiritismes que respecteraient l'ordre d'établir le nouveau royal ume, la nouvelle societe, la lireration du peuple haiien 'estait comme ca que les esrites presents ont voulu les convoques dans ca ceremonie n'avaient pas le moinede doute de que la femme était osse dee par une ame de la outre monde.

_ Oh mon papa mon dieu merci beaucoup! Grace a l'ominipresent. Vive chango et vierge des douleurs que saint duquel nous protège de lucifer. L'heure de les zombies est près!

Les invites ont répète ce cu elle disait dans cette _____ spéciale. L'inte ret était collectif, ce qui était bizarre c'est qu'ajourd hui se ferait un depouillement nourmal.

Les hommes et les femmes voudraient impaser un ordre nouveau l'ite de l'hispaniola. Le corps de Petronila était trempe de sueur. Les gens se mettent a genoux. Demander er attendre que l'esprit qui occupe maintenant le corsp de Petronila, donnera rapidement les instructions qui se sentiraient les ronflements de sa voix et la force de ses muscles. La bigote à souffrir une épouvante inattendue. Elle a déchire la tunique blanche et rouge qui l'avait couvrir. Apres ca, elle a réduit en miette a une nappe de toile qui était sur la able ou se trouvent les images de tout les saient haitiens qu'iraient a recuperer leur vie ce meme jour. La mission de les rein carners était guider les mains et les esprits de les unificateurs, de l'ile la Hisponiola. Dans le centre de la l'autel se trouve l'archange saint michel, place en rang dans le trone celeste parce qu'il avait lutter contre mil demons commander par lucifer, apres avoir été expulses de les heritages divins. L'ange de luniere es passé a gouverner les ténèbres l'orsqu'il avait affronte a le tout-puissant. Dans ce moment, lorsquel l'épée brillante tenir par la main levée de saint michel se disposait pour couper d'une seule coupure la tete du demon qu'il avait sous ses pierds, un revolte a été forme. Durant le silence et l'étonnement, une personne mestise âgée des barbes blanches et dure comme les franges de les dechets des roseaux coultives dans les champs dominicains a laisse echappe un cri de terreur: «La queue du diable se remuer. Je te jure pour la mémoire de ma defunte epouse qui s'est passe a une meilleure vie lorsqu'elle était morte dans la frontière, tout près le village de jimani, que l'image du demon se bougait son queue».

Pour ceux qui etaient passe dans la rencontre de la bigoterie, il arrve a la colusion que les abats et la resus citer de les sélectionneurs pour initier la lute qui était de plus en plus tout près. La sorcières'est transformée ses extrémités étaient tombées, et épuisées. Sa figure s'allait enrouler comme un limaçon. S'était commeci l'énergie de son corps avait fini. Mais cela c'est une partie de les rites de la sorciere de saint jean, les devots devaient etre patients. Les esprits ont tutes les choses bien calculee. Bientôt comme neceront le choix entre ceux qui formeraient les chefs de bandes, et les leaders de la journée reconquérir. Le silence était absolu. Meme les montres ont été parlyse. Le mourmure de les vents ne se per cevait pas aussi fre quement dans la region du frontière. L'echec était aussi pariculier les crouants ressemblent a des momies petrofieres. Le rituel pourait être per pétuel si le n'estait pas parce que de loin pon a entendu le « cucurucu » d'un cop que rivalisaiy avec un autre, en becquetant et en chantant. Les deux se battaient pour la possession d'une poule faisane qui caquetait désespérée devant les désirs de ses concurrents.

Cela fait plusieurs années de puis que Jacobe Dominique et Josephine Lafontaine vivaient dans la République Dominicaine. Il appartenait a l'exclusive garde présidentielle de François duvalier et Josephinez avait servir come chercheruse du redoutable corps d'armee de les leo pards du president jean claude Duvalier. Sa mision était voyager en secret dans les lieux ou se trouvent les immigrants en masses telles comme la France, le canada brookly, New-York, Miami-Florida e la république Dominicaine. Une fois, que l'agent secret sera la, elle a profite de sa beaute exotique et de son riche verbe d'expression afin de pénétrer dans les grupes d'immigrantes wui s'opposaient a le gouvernement de Jean Chaude duvalier, alias Baby doc. Les yeux de Joséphine était d'un marron clair. ses yeux se ressemblent comme deux goutes d'eau. Mais son regard avait un air charmeur qui se rendaint foi a hommes et femmes que la regardait, directe a ses larges pupilles. Son regard était l'unique. Ses yeux étaient attentifs, s'ouvraient et se fermaient un ryhme exact et séduisant. Se bourgaient comme deux empires de ses levres epaieses ses parroles se dégageaient avec la lenteur d'un compte-gouttes. L'enonnation charmante de sa voix était complete par la perfection de ses dents blancs.

Bien que Jacob et Josephine par tagent leurs relations amoureuses comme époux, ils avaient choisir de transformer en zombies parce qu'ils prétendaient vivre éternellement. Les deux ont voulu l'arrivee de la grande Journée. Comme que les médecins dominicains ont refuse d'exercer sa profession dans les champs sucrier parce qu'ils n'aiment pas le salaire, le couple haitien a trouve une occasion pour exerecer la medicine dans le pays. Ils avaient etudies en Haïti. Ils ne confrontaient pas de probleme pour travailler dans les hopitaux del instituto de se goro social de quisqueya. Les deux servent a sa cause en soignant a les malades dans les clinques ambulantes que fréquentaient les immigrantes haïtiens. A cause de ca sa tache d'endoctrinement et sa penetration était effetiv entre les ouvrières de les colonies sucrière. Le travail de ce couple de medicins était sans repos en recrutent des partisans et des militants pour cause révolutionnaire de peule haïtien. Sa mission était dangereuse, mais les deux se protégeant. Il l'avait sauvé le vie lorsqu'elle était une étudiante et avait été atirape par les tonton macoutes de duvalier. On l'accuse de preparer des armes contre le gouvernement de papa doc. Elle était une tète chaude, une espiègle de premiere classe dans les terrains de l'universit de Port-au-Prince. jacobéel'a sauve de nouveau dans le gouver nement de Jean claude duvalier. Donc, une de chasse s'était déchainée dans toute le pays contre lafemme. Dans cette occasion, Jacobe dominique, en sa qualité d'officier se oret de la polic, il amene avivre dans sa maison les defensur de regime n'avivent jamais soup conner de la fidefite de Jacobe son grand-père, et son père avaient servi dans des hautes positions avec duvalier. Elle était une leader étudiante dans l'ecoule de medecine avec des idéaux révolutionnaires et radicaux mais au cours de les années ecoulees, se rendre compte de les faussetés de lutter. Pour cela, ils se mettent aux services de ceux qui avaient été ses ennemis. Comme étudiant il rejetait tout ce qui a une odeur avec le gouvernement. Mais on odorat a change de cap commise changeaient les idées de les tetes chaudes les suppose-rpvalutionaires agissent comme l'autruche.

Ses prêches excita a les résignes dupays. Mais lorsqu'ils ont vu le danger et le moment de la vérité. Ils se cachent.au moment ou ils cachent la tète, ils on aussi enterrée ses prêches et les promesses qu'ils avaient fait au peuple haïtien, d'après eux un peuple qu'ils défendent.

Les deux avaient trente-trois ans d'âges. Ils avaient arives dans le lieu chacun en particulier. Ils ne voudraient pas eeiller de soupçons de l'intention de a visite a la cagote de San Juan. De dans le salon, ils assieraient dans le sol comme tous ensemble, l'un a cote de l'autre. Quaiqu'ils avaient servi a les Duvalier dans de fifferntes eposques, les deux etaient convaincus que sa cause était meme. Jacobe sienerve pedantque les minutes se passsent. Josephine Lafontaine avait un œil clinique et percevait que son camarada de était inquiet. A cause de ca elle se met su ses gardes. Mais si on les atrapent, ils sernt pris. Sa craiente s'est augmrntee lorsque Jacobe a commercer avec la jamba droite a un Rythme aussi exact que ressemblait qu'il ecoutait un musique de l'au de la. L'homme regardait peu su de lui. Il avait une filie de persecution. Se ressemblait a un caiman a l'affut. Immeditement, Josephine le calma le disant en secret:

_ tranquille Jacobe, l'heure est tout près, l'autorite de les Zombies doit arriver tout de suite. Haitine peu pas suppoter plus. Celle-ci s'est une consigne nationale et internationalle. Depuis les annees de la liberation en 1804 nous sommes ensemble comme la meme pourriture.

Josephine a fait une pause afin de respierer. Elle a respire un peu d'air. Elle l'absrobe profndement et elle a répète :

_Les etrangers nous envahissent a chaque fois qu'ils ont voulus afin de tourrompus, et par les presidents qui on déjà les os blancs et pulverises. Ecouter bien Jacobe; avec ce pretexte ils ont rentres en haiti et en 1915 ils ont empares les douanes. Les americaiens ont rentres partout en tuant atort et a travers. Josephine a continuer avec sa chaine de prières, l'une apres l'une apres l'autre comme une brouette sans freins la femme a fait appel encore une fois a l'attention de jacobe dominique:

_Ecoute-moi bien et aprester de chanceler! N'oubli pas que cette cause s'est la nôtre. Dans cete reunion si se rendre comple que tu n'es pas un zombi legitime te decolleront les testicules et seront lancer a les chiens comme on a faica avex les laches.

Lorsque l'homme a entendu ces paroles tellement fortes et la possibilité de rester chatrer a sans froid, un instinct de conservation l'oblige croise les jambes afin de convaincu a sa camarade qu'il était tranquille pour le moment. Josephine, de sa part se souviens d'un épisode qui l'avait arrive, quelques annees passe. Cete fois si je suis oblige de trompe a une patrouille de soldants qui punissait imitoyablement a Jacobe dominique. Les interrogateurs ont voulu qu'il dénoncera un complot militaire pour renverser le gouvernement haitien par le moyen d'un coup d'était. Les deux étaient mêles. les cheveux de Josephine s'arrêtent chaque fois qu'elle se souviens du bourreau qui s'est étale durang de sergent-major. Elle était derrière quelques bussions. Elle voyait comment quc h'homme opprimait les testicules a Jacobe dominique pour qu'il dirait tout le qu'il sait du complot contre les president de baby doc. Le prisionnier a pousse des cris comme un bouc. Pendant ce temps, elle était a cote une petite plage dans l'ile de gonaive. Les torturants sont emporte la-bas pour que les gents ne comprend rien. Cette prison ont l'appelaient le pélican dy caribe. Si un prisonnier quelques soit homme ou femme, survivait le suplice de la prison, n'sait jamais dire rien de se qui l'avait passe dans les interrogatoires de gonaive. Le premier chatiment était arracher les ongles a sang-froi. Quelques infortunées etaient châtres sans de miséricorde. Sans de se negliger. Jabophine a continuer de parler avec Jacobe.

Ecoute moi bien, Jacobe. Tu te souviens ce que le roi Henry Chiristophe avait fait durant la construction du château de la citabelle au carhaisien? L'ouvrier qui se plaignait et que était un peu taible `pour travailler, le monarque le tuait avec ses propremains pour faineant. En suitte, il mangeait son cœur tan dis que le malcheureux trepignait agonisant. Les reste du cadave se moudrait ensemble avec le ciment pour que mortier servira de soutien a la forteresse. Comme il était le roi un homme coura geux, aujord hui apparaicera comme le zombi le plus distinguer. Tous les homme et toutes les femmes qu'il avait tues ont forme ont fait partie du puissante armee de les réincarners.

L'image est retourne a la mémoire de Josephine. Quanf la femme se rendre compte a commencer de ceder a les serrements et a les coups du bourreau, elle a pensee a une stratégie qu'elle avait utilise dans des autres dangers. Se hater parce qu'elle a entendu le torturer mentionnée les noms de les conspirateurs contre le gouvernant de la nation, a chaque fois qu'il recevait une poignée au bas-ventre. Les serrers étaient tres fort qu'ils allaient directement a sa l'aine. Les mains impitoyables du sergent l'attaquaient sans contemplation, sans le moindre effort de pitie a les quantires de douleurs de l'interrogateur se ressemblaient a deux tenailles de fer a chaque fois qu'il empoignaient a le conjure Jacobe dominique. Josephine était horifiante malgre durant ses annees de services avec la police secrete de port-au-prince elle était la temoin des nombreux tortures. Parfois elle ecoutait la femoin des nombreux tortures. Parfois elle ecoutait les confessions de les prinsonniers durant les interroga toires de les tonton macoutes, les leopards et les attaches de les gouvernants haitien la femme a vu lancer de sauver a son camrade de n'importe quelle facon avant qu'il donnera son nom a les militaires et sera meler et conjurer contre duvalier elle devait agit le plus vite que possible afin de sauver sa pau.

Avec beaucoup de précaution, la femme se glissait par la pente a cote Jusqu'à la pertie la plus sabloneuse de la plage. Elle a envele la blouse. Elle allait descendre la jupe sans la lenteur de son habitude presque tout, nu elle a commence de troter a grandes demarches sur le sable. En meme temps, elle fredonnait une chason d'une mélodie exquise qui parlait d'une femme sirene que s'esdormait a les hommes lorsqu'ils l'ecoutaient. Elle les hypnotisait Jusqu'ils la suivaient vers les profondeurs de les oeux de la mer du caraibe qui les avalait pour toujours comme un paienment a sa curiosité.

Les soldats ont entendu la voix. Mystérieusement. Ils s'arrêteront, en laissant a l'interrogateur avec les jambes ouvertes, attacher d'une fome de croix. Les trois ont cours afin de voir dans quelle direction qui venait la fascilante melodie pour qu'ils avaient été néglige d'une mission aussi importante pour la police secrète et pour le gouvernement de Juan Claude devalier. Les trais militaires, de meme que le commandant de la patrouille, ils s'en allaient transformes travers de les minutes passent et la melodiuse voix que les tenaient bouche bée. Ses levres se séchaient parce que une soif subite s'est emparée se cachaient parce que une soif sobite s'est emparée neux. Les hommes regardaient dans toutes les directions pour essayer de decouvrir la provenance de la chason. Mais Jacobe, celui qui était étourdi par les deniers coups de poigns qu'il avait recu du sergent, il se fait le dormir avec son arrière-pensée le commandant, connu entre la police d'Haïti comme le nom de Sanson tirofijo «tir precis», il a dit a le soldat.

_ Surveiller le prisonnier je continuerai l'interrogatoire quand je decouvrirai dans quelle direction que cette femme mysterieuse a été sortie!

L'autre soldat a suivis les pas du sergent tirofijo en cachette. Pendant ce temps, Josephine lafontaine nageait. Se plongeait pour quelques minutes. Les militaires s'enquêtaient, et se deses perdraient. Tout de suite, elle srotait en flotiant sur le dos comme si rien n'avait passer dans les tranquilles et les salpêtres d'eaux qui avaient fermes dans un recoin au bord de la rivière. Se tremblaient les levres du miltaire chaque fois laissant de hors ses seins galvanisers les narines etaient amplement rendu, l'homme allait comme un chien a la recherche d'un os. Tout a coup, il a entendu les pas du subalterne qui le suivait de pres, il lui a a ordone en dissant.

Retourner a son poste, afin de surveiuer le prisonnier! Le soldat a obéi en faissant un salut. Il a fait un pas en arrière afin de se cacher parmi quelques buissons. Comme il était excite, ni pour un million de dolards il ne voudraits pas laisser echarper se que ferait de sergent sanson tirofijo avec la femelle qu'il poursuivait. Lorsque Josephine lafontaine avec la femelle qu'il poursiovait. Lorsque josephine Lafontaine a vu que l'homme se l'aprochait, elle a sortie dans l'eau et elle a commence de flaner dans les rues. Dans sa fuite a diminue, la femme arracha quelques feuilles de raisins larges, pour se couvrir le militaire est rendu fou. Il a change sa voix dans un ton doux. Il le priait de sus pendre sa marche afin de le dire quelque chose. Il s'est jure auxnoms de tous les saints qu'il ne voudrait pas le faire aucun mal indifferente a les prieres du militaire, Josephine a continuer de susurrer sa contagieuse melodie. Le sergent était tranforme il courait au ralenti. Ses bottes ne touchent presque pas le sol. Il a conuer de courrier. Il avait sa langue dehors. Se ressemblait a un chien a l'affut derrière son maitre pour qu'il le jetait un coupure de viande.

Arreter ma belle! S'est ce qu'elle a entendu que l'homme

avait dit je te jure au nom de ma grand-mere qui m'avait eleve l'age de raison, je n'ai pas l'intention de e faire aucun mal. Seulement je veux te dire une petite chose. Au moins he voulais simplement te voir de pres afin de me donner un peu, un petit peu, meme si c'est un petit chant d'atention. Je renoncerai a le prestigieux titre de tirofijo si je m'abuse de toi. Vient per ici ma belle petite fille!

Le visage du militaire se tremblait d'emotion de san boche mauve, commes des raisions en grappes se degageaient des rangees de baves devant la mulatre Josephine lafontaine. Elle ne fait pas d'attention a son appel parce que elle sait tres bien que sont les intentions du sergent sason tirofijo. La femme tordait ses levres charnues avec un mouvement symétrique. Elle s'abritait, et faisait quelques grimaces provocantes, se courbait les leyres comme ca se stimulepa les appetits charnels de sanson tirofijo tir precis. Lorsquelle l'avait vu avec les yeux pres que jaillir de l'emotion, Josephine se covre ses seins avec les feuilles. A d'autres moment elle afait un tour, en lai sant voir pour un instant ses atributs feminin. Progressivement elle faissait des sauts courts. Un peu tout petit, comme si elle était en marche sur le sable.

Se ressemblait a une pouliche au galop. Il était fou. Son cœur était sur le point de sortir par sa bouche. Aussi facileque ca Josephine le conduit avec une simple malice, vers un recoin d'un enorme rocher ou le coup systematique des faux de la mer du caraibe avaient former une grotte millenaire connue dans por-au-princ comme la caverne de la sirenne l'homme l'avait sui vit comme un petit agnéen derrière la brebis qui l'allaite.

Josephine s'est cachée a l'intérieur de la grotte. A son en tree, le militaire s'est arreter pour un instant. Il a passe la main dans sa figure. Il a retire un mouchoir afin de secher la seur. Se debarrraser de tout ce que le fait du poids. Il a tire le kepis, se faire sorire langue. Il a mocille les levres. Se ressemblait a un crodile a l'affut sans hesiter il a enleve a chemise sa poitrine était poi lue es roduste comme celle de les signes gorilles. Il s retire son pistolet avecdes précautions. Sans perdre de vue le beau corps de la femme, il a enveloppe l'arme a feu dans la chemise et la place dans les sol, sason avait les yeux comme deux tisons rougeoyants. Il respirait respirait comme e'il était dans une course de marathon. Il était erige comme une statue n acajou. Il a passe la main sur tout son corps afin de verfier que ce n'était pas u reve. Il était abasourdi. Il ne croit pas qu'il est le maitre absolu d'une femme aussi bien formee comme ca. Il sait bien que celle-ci c'est sa defernier opportunité. Les belles femme comme ca se trouvent seulement dans les magazines européens et nordircains, specialement dans les magazines européens et nord ameri ains, specialement dans les de Miami, California et New-york.

Mais, aussi exotiques comme Josephine lafontaine seulement les pouvait apprecier de temps en temps, dans les luxueuses mansions de les fonctionnaires du gouvernement d'Haïti. Sanson les jetait un coup d'œil pendant qu'il travaillait dans les residences d'eclusif secteur de petion ville.

Le militaire se souvins lorqu'il la servait les boissons fines dans les piscines de la capitale. Il surveillait les houeurs dans les fetes et perbes ban quets de la societe de port-au-prince. En face de Josephine il était nerveux, deses père, comme un chien limier.

Tonner s'exprimer a lui-même quel interrogatoire, ni que complot! Au diable! L'investigation du prisonnier m'importe peu le coup d'état mais je ne perdrait pas cette femele meme si on m'assoir sur la chaise electroue. Et meme si on m'emmener aguantanamo. Si la laisser echeper je retournerai humilier et avain cu avec queue entre les Jacobes je devrai me contenter avec les nues rachitismes de cite so leil, ou avec les prostituées de belle air. Je mourra! De la rage dans l'hameau de la mulatre. En avant dans cette lutte on ne peu pas faire ni un pas en arriere parce que d'ici je sortirai comme un general ou comme un ver de terde!

Le sergent a crie dans l'intention de prendre un peu de courage pour la conquête de la mystérieuse femme qui se remuait avec une vitesse désespérée, au ralenti, sans se retitourner complètement de face.

Je m'n fiche de toot, de meme que le gouvernement cette femele c'est pour moi!

En disant ceci le sergent sanson tirofijo de donner libre cours a ses aspirations morbides avec la statue en chair et en o qu'il avait en face de ses yeux de Lazard tropical. Il s'est prepare pour l'attaque finale. Il a ferme les yeux. Les ouvrent de nouveau. Ses pupilles lancaint des etincelles comme s'il était endiable. Il avait un tourment dans ñ cerveau. Il s'imaginait les plaisirs lui l'attendaien fau contact avec la sen suele femme. Josephine a attendu avec une petience deses perante pour que le militaire l'opprocha pour le caresser, et pour le toucher. Mais le plus cache dans son, l'homme sait très bien qu'il jouait avec le feu. Pour cette raison il s'est approche les doigts, avec la peur qu'il peut s'électrocuter s'il s'est attacher courant d'électrique. Sans perdre le temps, il a fait un pas un autre, et un autre plus. Son corps muscle tremblait.   Son honnêteté avait réduit main tenant a un paquet de nefs.

Josephine sait tres bien qu'elle était sur le point de gagner la batail elle l'avait acculé. Stupéfait. Elle sourirait avec une sens alite, et avec une astuce. Elle l'attendait complètement nue pour que l'homme se lança sur elle. Elle était comme un serpent qui attendait pour que sa victime viole son territoire afin de le saisir avec les dents, pour l'injecter le poison destructeur. Ses dents étaient comme une course parfaite des perles marines. Elles peuvent se conter. Josephine avait un sourire ensorceler. Entretenir. Il semble qu'elle retenait sa respiration. Bien que l'intensité du moment, la femme a profite les rayons de lumiere qui penetraient dans la caverne. Elle s'est palcee de cote pour que sanson tirofijo la vue d'un autre angle. Elle voudrait l'enseigner ce qu'il n'est ras encontre vu. Sa position latérale le faire voir comme un appat inéluctable ses parfaites courbes corporelles. L'instinct de conservation entre l'homme et la femme vers la rencontre la plus excitante. Elle était peur pour que le moment ne s'interrompre pas. Hélas! Pour Josephine, si on se decovria qu'elle avait tromper a la patrouille et a son comandante pour proteger a jacobe dominique, qui se trouvait amarrer ensemble avec deux piquetes dans les buissons de la plage! Le sergen tirofijo la prit dans bras. Il la levée. Le poids de la femme était comme une plume. Josephine lafontaine ne fait pas d'oppositon. L'homme sentait des battements de cœur a cause de l'emotion. Il a mouille les levres. Une et autre fois ses yeux se montaient et se descendaient. Se descendaient et se montaient en couvrant chaque pouce du corps de Joséphine.

C'est une desse en chair et en cs. __ s'est ce que ja' pense anec le preaution qu'un bijoutier poli un bijou, le gigantes que placè la femme aupres le mur. Il s'ihge nouille en face d'elle en forme d'indolatraif. Il a commence de la becoter par tout son corps. La peau brune de Josephine était ____ et saumatre. Il l'observait d'une inclination d'un devoit en face une desse. Il a prolonge son visage. Il a llait se courber la tete jusqu'aux pieds nus de Josephine. Il la regardait comme on regarde a une reine avec reverence entre soupir et soupir on l'exitendu qu'il murmure avec les levres tremblantes:

Ma petite, merci beaucoup merci pour cette chance. Je t'aime de tout mon coeu. Merci ma fille. Je t'aime beau coup beaucoup! L'homme croyait qu'il était dans un reve. Depouiller de la peur et de les inhibitions il a commence de baiser les pieds de Josephine. Apres les genoux. Il se trouvaie dans une extanse de plaiir produre par l'incomplarble mulatresse Josephine lafontaine. A peins qu'il commençaitd d'enivrer dans le plaisir il a eprouve une arme froide a double tranchant qui l'obligede se taire de ses horrifirs tentatiyes cris. Les colers se montaient a la gorge de sanson tifofijo. Liquide bouil lant, entre pour pier ______________ tait en pousaant avec l'intermiettence d'un cœur agonusant qui pum pait ses de nieres baitements de vie. Les genoux du militaire était molles. Les pupilles s'estaient endormis. Comme les yeux d'un taureau agonisant, son regard est fixe dans un point fise

Dans le mur de la caverne. Le redoutable geant de la police secrete d'haiti reste de cette facon, reduit a une masse en chair et en os. Sa contexture s'est eboule jusqu'à son effrondreament dans une fosse de couleur cramoisi qui allai se couvrir dès lecou jusqu'aux pieds.

La femme est sortie dans la grotte de la sirenne, comme si rien n'était passer. Elle a regardee partout discretement ensuite, s'est deplacee en secrete par le chemin en cachete de la plage qu'elle avait arrieve. A l'instant elle a ecoute deux coups de feu elle n'a pas entendu clairement les cris les grondements etouffaient l'eostence du soldat qui devait surviller a Jacobe dominique. La femme était transportée. Sa pensée voyageait mysterieurse et particuliere s'est passe la main par la figure discrètement comme si eue se revelillait d'un cauchemar amer Josephine a continuer avec son avertissement en disant a Jacobe:

_ C'est comme ca que je veux te voir, mon camarade.

Tranquille. Tranquillement. N'oubliez pas que nous avons passe des moments plus difficiles que ceux-ci. Souvient toi que nous avons toujours bien sorti dans des beaucoup de penuries et des contremps. Ne te desinteresse pas Jacobe, je suis avec toi maintenant et pour toujours dans les bons e dsns les mauvais. Bien que je n'sai suis pas present en chair, j'etais tou jours la tienne, je te proments je serai tout pres de toi en esprit. Tu m'entends bien jacobes j'ai dit je serai ensemble avec toi en esprit.

Du calme! Si tu veux devenir n zombi, il faut passer la preuve.

La femme a fait une pause. Respire au profond. Sa poitrine s'est agrandie lorsque les poumons sont remplit d'airs exhale. S'est relâchée un peu. En suite elle a coninuer:

_Jacobe ca fait un moment je t'avait dit que le roi christophe n'acceptera as de moqueries, ni ne croyait pas dans les blagues. Ses ennemis sont toujours surbi des consequences a les plus belles femmes haitiennes, il les emportaienta sa chambre pour qu'elles le livraient sa virginité, meme s'il ne plait pas. ce devergonde n'avait pas de compassion pour personne. Maintenant il est purifie dans le purgatoire de ce monde.

Selon l'expression des gens, Jacobe, le monarque était un homme autoritaire. Il n'est jamais trembler. Il avait kles tiscules comme les pieces d'artillerie, parce qu'il avait affronte a les envahisseurs francais. Cele afait de Jacobe, un homme respectable pour ses courages! Josephine la fontaine était excitee. Elle a continuer sans arrêt, en avertissant a son camarade.

_ Ainsi donc je veux que tu te taire, et écouter ce que je vais te dire: les français nous ont emporte tous, j'usqu'au derniere goutte de sang et de sueur durant plusieurs siècles. Tes ancêtres et les miens ont calla bore docilement dans l'avance de la sociee française. Les riches ont devenir plus riches ils ont emporte notre sueur tramforme en produit pour le progres d'eunrope. Douvines-toi jacobe, que en Haïti ni.

Une seule embarcation n'à jamais sortir vide vers le vieux continent. Paradoxalement c'est que les haïtiens nous produisons du café et nous divons nous conformer avec on odeur. Nous produisons de l'indigo pour les vêtements pour les vetments délicat de les femmes

Françaises et d'autres pays d'europes mais les mais les haïtiens nous devons supporter les simagrées de les jeunes chic par ses « expressions ironiques » afin de se moquer contre nous dans les fetes, dans les places et dans les eglises villageoises .ses dévergondes se secrétaient, et se murmurent l'unes a l'autres, pous notre imprudence sociale et pour le mauvais gout. Le pire de tout cela jacobe ; c'est que e haiti nous produisont socre et nous devons boire le the de cannelle , decomille et la mentihe plus amer qu'un genet. Finalement, napoleon bonaparte et l'emire de les oligar chiques et les bourgeois d'Europe nous ont laissé abandonnes à la mersi de les espagnols. Les haïtiens nous vivons comme des emmurées. Tel et comme si nous etions un gigantesque « sandwich ». d'un cote, les français venaient en haiti afin de nous sucer comme des sangsues. D'un aure cote , les espagnols de saint dominigue nous discriminaient pour être des noirs d'Afrique. Comment tua vu ca, Jacobe?

L'homme écoutait étonnamment les explications de sa camarade Josephie lafontaine. Sans rien dire. La femme a continuer avec son avertissement:

_ Je dois te dire que les espagnols aiment traverser la frontière derrière la chaleur et le gout de les femmes haïtiennes selon sa propagande, nous avions des amarrers dans les ceintures. Beaucoup des blancs jurent , qu'au lieu dessuer, ous jetons des melasses sucrée par les pores de la peau. Je 'arrive pas a comprendre, jacobe, comment est posible que le peuple haitien avait resister cette chaine d'abus pour tout ce temps. A travers de l'histoire nous avons été précipites par les grands empires. Je te jure je ne sais de quelle facon ont été crees les hommes et les femmes qui nous ont procede dans ce grand supplice que nous avons vécu pour tant de siècles. Nous evistons das les se refuse de reconaitre ce que vient du contios ent afraicain. Nous sommes les uniques Jacobe. Ous devons etre vaillants. Je te répète, que le n'etends pas pour quelle raison qu'ils supportent tants d'humiliations comme des esclaves. Te rendre compte que notre pèche c'est que nous avons de l'ame blanche et la psua noire notre suplice est arriver malgré nous étions le premier pays d'Amériques qui était libre apres les etats-unis. Nous étions la première nation noire dans le monde .malgre ca nous avons toujours contunier etre les memes esclaves.

Jacobe dominique ecoutait avec attentif Josephine lafontaine s'allait se metre en colres comme si elle était dans la tribune de l'univrersite de port-au-prince. Kla femme a Contenie avex son discours de rebe ellion, comme une houle d'une mer irrite et e colère

Ecouter bien ce que je vais te dire, ne faite pas de sottises. Le vol de ryswich en 1697, l'assaut de basilea et la tromperie d'aranjuez ont été les traites interationalles les plus estipudes dans l'histoire que quelques nations avaient été signos, ces ne gociations n'etaient plus que des encombrements ridicules pour que nous pouvons etre prives e territoire devant la parie de la hispaniola. Depuis manzanillo jusqu' barahona, e passant par dajabun nous avona perdu des milles de carres de terre fertile et nous ot possesvers les motagnes. Cette ponte universelle n'est plus que le resuitat d'une lâcheté de les Français ils ont ca parce qu'ils etaient déjà enivres du confort du pouvair et l'abondance que l'esclavage haitien lavait per mettre la frace ont abandonne nous ont laisse seuiles parce que nous avons perdu une bataille. Les défaites sont des orphelines Jacobe. Mais la guerre n'était pas encore finit les francais ne comprenaient pas le fai que jean pirre boyer lavait prules les fesses avex toute so armee, apres un gouvernemet de vignt-deux as dans la partie orientale de l'ile ce n'est pas une raison pour que nous tous nous devons payer pour les tautes des autres. A conse de cete chonerie de les européens nous les haiiens nous foutons. C'est pour cette raison que le dieux les abadonnent a fuc et a nous-mêmes, a les francais pour amitieux a les haitienes pour laches.

Jacobe dominique est reste absourdi parce qu'il sait que camara de était pres que eclater de la colère. Il sait traeope bien s'il l'avait interromphis ils auron t des problemes. Lursqu'elle avait prie la parole, ne la lachera jamais.

_ L'empereur Bonaparte avait commis une autre stupidité lorsqu'il a envoue so beau-frère Victor Emmauel leclerc, le général « pèpe botella », ce lui qui a occupe une grande position dans l'armee parce qu'il était marie avec pauline bonaparte il était toujours envire. Tandis que sa femme se passe les jours et les noits avec les jeunes soldats dans des allées et venues jacobe, ils la protégeaient tellement jusque ce qu'ils se couchet dans la meme cambre a coucher. A cause de la corruption et les abus que les envahisseurs ont commis contre la population creole les français ont sorit vaincu et abaisser, nous ont laisse seuls sas faire aucune resstance après que nous l'avons donne le pouvoir et de l'argent a l'empire de la France. Les noirs ont fi avec les blancs dans le territoir haïtien jacobe je veux que tu saches, quelques français ont caci leur peau par ce qu'ils ont fui vers les montagnes. Ils s'en est alles a cuba o a santo Domingo.Ils n'etaient pas aller jamaique parce que le leader revolutionaire bouchman avait recu des mauvais trattements là-bas. La souveraineté britannique ne veut rien savoir de les colns francais que exploitaient en Haïti écoute-moi, Jacobe ce que je vais te dire nous les haïtiens noirs nous avons été puni pomdes différentes raisons. Premièrement, pour être des africains noirs, deuxièment pour etre un pays de flibustiers et de boucaniers; troisièment pour etre le premier pays noir dans le monde que avait atte int son independance. C'est certain, nous les maitiens, nous chantons pour nous mors et nous pleuros pour lanaissance de quelqu'un nous faisons ca c'est pour la souffrance, Jacobe. Tute souviens de la revolutions de 1791? Comment les colonizateurs se redre compte que les noirs sauvages qui etaient échappes de les moulins et de les plantion s n'etaient pas aussi stupide comme om pense, ils se sont ffrayes. Son intimidation s'est augment lorqu'ils ne peuvet pas attraper a les tambourinaires que allaient par les montagnes de l'ile en annocant la revolution de les esclaves. Les colons n'étaient pas d'accord avec les masscres dans les regions plaines. La frace l'avait done la permission pour apporter de bateux rempli de serpents venimeux. Ils pretedaient tuer a les noirs sauvages dans les montagnes d'haiti en employant les aspics les plus sanguinaires et assassins de les forets africaines. Pipées cobras cascabeles » comme ca, ils voulaiet éliminer a les rebeles qui préparaient le retour de les zombies. Le plus douloureux, Jacobe, c'est que tous les caribeens nous emportons le sang noir par derriere de l'orille et nous le voulons les nier. C'est pour cette raison, la revolution haitienne a échoue. Les mulatres se teignaient de blanc leurs corps parce que c'estait une honte pour eux d'etre des noirs. Hommes et femmes se melangeaient avec les blancs pour obtenir des fils de peau claire. Ils ignoraient que avec ces apparences ils faisaient du mal a sa patrie e a sa race africaine.

N'oubliez pas, jacobe, que ce melange de races, partout c'est le meme croisement de et indien « cholo andino », noir et indien zambo peruano » carioca del Brasil, el jincho boricua, l'inbien appeler blanc a cocotazos de la République Dominicaine, et le « jabao haitien. Touts nous sommes des oiseaux d'un meme nid. Finalement je veux que tu comprends que nous avons liberesous le joug de les fracais. Mais ous avons tombes dans les mains de les espagnols. Ils nous ont derobees les terres avec de magouilles qu'n appelle traites que ont été legalisses par les memes juges. Les letres contemporaiens se sont reunis dans les tribunal de la haya, e hollande, ou le champage et le bon vin se glissaient par le tuyaux de les waters-closets du palais maintenat nous sommes de eslaves dans notre terra. Attaches par d'autre type de blac, qui nous ensegne sa langue, haiti c'est comme une propriete que a changer de patron.

Lorsque Josephine se rendre comte que la sorcière petronila chevalier était essayer de lever son oreille parle qu'elle ecoutai un bournemen de sa conversontieg, elle s'asenu de dire ca a son camraide, en poussant les mots entre lalangue et les dent.

_ Cesser de trembler maintenant! Ne soit pas tellement lache Jacobe! Presque tous les presents resardent a la derobee la sorciere de san Juan. Elle était possédée par l'esprit qui avait entrer dans son corps. La femme est en rain de se leverlentement. Docucement. Doucement. Se dresser avex une attitude de pouvoir et d'arrogance, elle a commecer de tourner en forme d'une cercle, avec du calome se deplacait au raienti.

Maintedant, son apparence était d'une vraie zombie, un automate. Les rites ont continue avec les bras etendre. Elle ava les paumes de les mais ouvrtes vers le ciel. Ses entremites se tremblaient elles avaient recu de decharges d'energies.De les esprits. Etaient les dieux invisibles qu'l'avaient aider arealiser les depouillements pour commencer la grande bataille. Lorsque ses bras en forme d'un crucifix ont compléter le cercle après avoir par couru tout le salon, la main gauce de le sorcière s'est arrêtée ensemble a tout le corps immobiliser comme une statue en fer. Elle se faire remarquer avec l'index, long et délicat, vers l'indix, long t delicat, vers un mouton blanc qui mangeait de l'herbe. Malheureusement, l'animal laineux différend de l'affaire a continuer de manger sans rendre compte que les minuetes de sa vie etaient limitées, d'une manière étonnante, un cri de lamentation est sortie forcée parlaterreur et l'etonnement de les gorges de ka foule qui se trouve agenouiller, lorsqu'on a écoute une voix qui a retentit tout au tout:

_ Oh grand dieu! Oh mon papa! Que est ce que vous voues exclamé la voix tremblante d'une croyante, qui a bempli de frisson et de mystère les murs du temple. Emu par les évènement, essaient plusieurs qui ne pennet reçu les forces de les «loas»qui se montaient sur les réceptives images pieuses. Maintenant tout ont été d'accord qu'il aura un sacrifice de sang tout de suite, deux assistants de petronila, habille de tuniques de toutes les couleurs, ont pris le mouton doux tranquillement amarre avec d'autres animals. Sans faire aucune resistance le s'est laisse emporte dans les bbas de les decox hommes peu lui emporte ses capteurs, l'animal contiu de mastiquer une poignée herbe verte. C'était sa derniere bouchée. Le rituel se poursuivit sans relâche. La femme a continuer de tourner comme la première fois afin de faire deuxieme sélection ce n'était pas la volonte de petronila chevalier. Ici s'accomplirait les desirs du dieu, et de l'espri qui l'avait montee et qui l'avait possédée complétement.

La selections suivante de la bigote de san Juan est Jacobe dominique qui était un redoutable official de les tonton macoutes du presdent François duvalier. Ses états de services etaient excellent pour le gouvernement de papa doc. Mais sinistre pour lrpopulation haitienee de la lapitale qui a supporte ses sauvageries durant plusieurs annees en torturant e tuant a les coupables et les innocents. Jacobe savait ce qui avait entre les mains était grandiose. C'est pour cette raison qu'il tremblait comme un poule mouillée. La bigote était immobilisee. Les presents se guettaient pétri fies en coin d'œil.

Josephine lafontaine connait parfaitement l'historique de son camarade. Par consequent on ne peu pas expliquer pour quelle raison qu'il est peur d'etre depouiller. Spécialement, parce que tous ceux qui étaient la c'essaient de la famille de les loas et de les zombies. La mission d'emporter jusqu'au bout la grande libération du peuple haitien était entre ses mains hommes et femmes etaient des peux des memes bois. S'ils voudraient etre eleves ils devaient passer par l'epreuve de la purification.

Comme celui qui veut et e veut pas l'officier haitien s'est leve ou sol. Il a ajuste ses lunes tienes et commece de marcher avec un visage etonnante incertitude. Il allait en faisant des faux pas, et son ventre se chancelait d'un cote a d'autre pour l'obésité de son corps et pour tant d'années de l'oisiveté qu'il vivait de l'air du temps «de puis qu'il s'est converti zombi devant un signe de la bigote, jacobe Dominique a été emporte brusquement, et rapidement. Ensuite il a été intro duit dans une baraque clouée au milieu du salon pour être dépouiller une fois d'être la. Ce qui avait arrive a tous les choisir, le traitement de les esprits de grand pouvoir feraient la purification nécessaire. Alors il passera a un rang supérieur dans la dispute qui viendra, s'il supportera l'épreuve la plus dure. Le mains puissantes de petronila chevalier. Les serrements qu'elle l'avait donne, venaient en semble avec les implacables conjurations. Se ressemblait plutôt a des menaces et des insultes, quels conseils o des des flatteires pour le dégage.

Ecartez-vous de mon chemin, trompeur! Après avoir boiscule a les innocents maintenant vous voulez continuez comme les sang sues. En vivant au sueur et du sang des autres. De tonjon macoute et leopars impitoyable s'infiltre dans le syndicalisme en se profitant de ta lague de vipère, tu as rempli le cervea de les travailleurs du champ afin de te croire. Tu as voyage a miami, a venezuela et les pays communistes. Il s'est bien moque de la bonne volonte du peuple, en se faisant passer pour un syndicaliste révolutionnaire en defense des droit e les travailleurs. Mais, te fait pas de l'innocent. Les esprits savantes bien que tu es un brigant et un comédien. Tiens ce coup de pierre comme traitre! Tu n'est pas seulement un sorcier. Tu est un bout de en B…

Jacobe dominique était épouvante en ecoutant que la sorcière l'avait comparer semblable avec les créatures qui étaient de solees a mort et sang dans l'ile du charme. Jacobe avait opte de ne pas esperer que la sorciere finira la phrase qui venait comme des foudres après qu'elle l'avait appeler «sorcier». Il voulait prendre la fuite. Mais un croche pied de l'un de les assistants de petronila chevalier l'avait jeté par terre, se roule.

Se ressemblait a un baril qui faisait détours. Apres de sentir un croche par les jambes de petronila, grimpe dans son cou comme un karateka oriental, il a ecoute la sentence:

Ah! Voilà! Vagabond tu as l'intention d'échapper de cet depeuillemen arreter afin de luiter si tu est brave. Sans honte! Tiens un autre coup de maillet pour apaiser tes esprits. Tu agitait a les ouvriers pour qu'ils font pour apaiser tes esprits. Tu agitait a les ouvriers pour qu'ils font es grevés dans les plantaions de canne a sucre. Et durant les nuie, que sont tellemet noires comme ta peau, tu as entre dans les maisons de les majordomes afin devendre a tes supporters pour qulques tickets de canne à sucre pour quelques dollards de plus. Tiens ce coup de bâton afin d'apprendre la leçon bavard!

Les imprécations ont continues. Les paroles de petronila ont sort forcement par la gorge qui sonnait comme une grande crisse creause sa voix douce et sensuele comme la plume d'un pigeon, avait cede sa place a un ton enroue correspondant a un d'un pigeon, avait cede sa place a un ton enroue correspondant a un esprit d'homme.

Au nom de papa boco et papa candele, je vous ordonne avec la force du défunt felimon lavapie, etaler-vous bavard et cochon. Tiens ces deux coups de batons en plus afin de ne pas douter une autre fois de ma fidélité pour men mari felimon .jusqu'à present, j'ai touche dubois, mais ne me laisser pas emprorter je te jure aux noms de tous les esprits en Haïti, de San Juan, San Cristobal et Samana Jamais je ai couche avec un autre homme. Et si quelqu'u avait mis sa tète sur l'oreiller de ma chambre a coucher c'est seulement pour un peu detemps pour un moment de chauffage afin que l'esprit le sera monter. Je sais très bien a beaucoup d'entre vous ont les faire porter des cornes et on l'appellent» personnes déraisonnables». A les autres ils ne peuvent pas metre leurs chapeaux. Les cancaniers du quartier l'appellent les certs. Mais ca ne va pas avec moi. Apres la mort de mon mari aucun autre personne avait occuper sa place. Qu'est-ce que tu avaispenser, jacobe?Dit moi ca tout de suite bavard!

Lasorciere était en colère. Ses yeux s'allument en regardant autour du salon. Elle avait les pupilles exorbités, comme le bleu du ciel. Ses yeux etaient cloues dans un point fixe sur la multitude, en faisant des bonbons avec une voix mythique :

_ Je sais deviner le passer, le present et le futur. Hélas! Pour ce que croyait que je sais pas ce que était passer. Tous les gens étaient paralyses, endoramirs, immobiles la bigote a continue:

Je suis prête parce que j'ai l'avait gagne. Mes travaux spirituels sont bien garanties. Et toi, Jacobe, laisser de faire du tapage, parce que mon mari felimon lavapie Meme après la mort, il est toujcurs reste dans ma chambre a coucher celui-ci était vrament un homme zut. Il était complet. Complètement! Felimon lavapie n'était pas un lâche.

Aussitôt dit, la bigote de saint Jean s'est retourne lentement vers le terroriser Jacobe domique, celui qui avait pense dans un instant que sa depouille et son supplice avaient fini et, elle a cloue les yeux comme deux poignards a doubles tranchants, en le dissant:

Debarraser un peu ton esprit de les tapaes des rues pour que tu seras un bon zombi! Agenouiller-toi bavard! Prier tout de suite afin que le mal se sortira pour que le bien sera entrer! _par coïncidence avec la dernière phrase, petronila chevalier l'avait enseigne un gourdin, comme par enchantement avait tombe dans sa main. Ensuite elle a dit a le dépouiller: regarder-le bien Jacobe, en souvenir de moi et du gourdin pour le reste de ta vie. Regarde-le bien, détestable!

Il s'en ent fallu de peu pour que le peureux Jacobe dominique s'effondraira. Déjà il n'avait pas de forces pour etre de pied, pour être a genoux, ou aplati. Non plus il n'osait ppas se protester contre les insultes de petronila chevalier. Par les épithètes qu'il entendaient il semble qui l'esprit qui était sur la femme ne plait pas dou tout le vagabondage de ce rondelit militaire haitien il était dans une puntion parce qu'il appartenaita un grupe de renegats. Ils s'est enfui d'haiti a cause qu'il avait mange du sel qu'on l'avait defendu ensemble avec Josephine lafontaine. Maintenant les deux ont voulu s'intégrer de nouveau dans le royaume du zombi afin de contribuer avec sa participation dans la journée de libération. Il ne veut pas rester derrière. Si Jacobe voulait se purifier et récupérer sa place il devait supporter sans de protester. C'est comme ca que l'ensorceleuse l'avait conjure sans pitié :

_ Tu as manque a la regle principale. Des lors que te don la poudre blanche et sacrée que t'avait endormi poru les siècles et des siècles, on t'avait dit clairement tu mageras tou les produtis et les aliment nts. Aussi tu peux boire tout les rhums que tu veux». Mais on te mettre comme con diction de ne pas manger rien de sal. Absolument rien que tu mentradans ta bouche ne peu pas avoir du sel. U étais faible, jacobe tu t'est laisse empporte par les desirs de la chaier de femme! Tu as viole al promesse de babalu papa boco e le baron du cimetière, n'importe qui pourrait te punir encore un fois pour ta mauvaise pensee. Pour que ta mémoire ne sois pas faible pour la chair de femme!

Dans ce moment. Josephine Lafontaine a baissé la tète de écrêtement en coutant le mot «femme». Petronila a contnue:

_Que tu n'oseras de dre que tu n'avais manger rien de sel? A quoi penses-tu maintenant, jacobe? Concentrer ton énergie avant de demander un autre miracle a mon esprit protecteur, celui qui m'avait passe le gourdin!

Le depouiller s'est paralyse de peur lorsqu'il se souvient du mot «gourdin». Petronila a eclairci: Je parle de la viande de bœuf que ta maman e mettait a sécher dans la cour de sa maison. Tu te souviens, jacobe? Et ne sois pas un maucais penseur! Maintenant tu vas me le payer si tu veux revenr a etre un zombi. Il faudrait que se sacrifier si les autres esprits le permettent aussitôt, dit la sorcières s'est jetée d'une façon inattendue avec les doigts contraignants comme les griffes d'un oiseau rapace, sur la partie base du ventre du dépouiller.

Jacobe dominique. Dans un instant il abstenu une force qu'il n'avait pas possede. D'un entonnement avec les mains il a couvrir les testicules par la crainte de l'irritable esprit que petronila possédait les arracha d'un cour lursqu'on a entendu les hurlements de l'officier de peude force et sa voix se diminuait, s'éteignait comme une torche sans mèche comme une lampe sans de l'huile Jacobe dominique s'est jete a coup de pierds de la salle principale. L'homme aillait en torda dant comme un reptile empusionner par le douleur. Le militaire avait tranforme. Ses yeux de colileur oliver se ressemblaient a des cherbons ardents. De sa bouche, semt ouverte par l'étonnement, deux rangées d'une substance blanche avaient sorti. Les adoints de madame petronila l'avaient emporie dons une chambr ou ils le donne raient un bain fascinat et une prse de sauge cristaline. Il était déjà un zombi confirmer parce qu'il étéit été l'unique femme de sa vie.

Ca pendant, l'exotique mulâtresse attendait aussi son tour pour être choisir dans cette cérémonie de sainteté et de voodu. Lorqu'elle a reusit l'examen

VII

L' arrivée de les zombies

Captivé pour ce que était arrivé, Joseph François Casablanche allait se transformer. Son regard était gelé comme s'il était hypnotiser par les corps féminins qui se balançaient et tourbillonnaient autour de lui en spirale ses mouvements, chronométrages avec l'exactitude du temps ont forme une danse au ralentie. Les yeux de l'homme étaient ouverts. Mais ne regardent pas s'éloignait lentement. Lentement. Quoique ses mains ont continuer de battre avec habileté les tamburs qui les servent d'appui.

_Anaisaaaaaaa! Papa candeeeeele! Aidez moi avec cet accouchement, zut! Nete meurt pas bendite haïtiene! Donnez moi la basinette! Je dis le vase de nuit! Rapide avant que la condamné se meurt! Maintenant je ne sais ce que je vais dire, carai!

La sage-femme se ronchonnait dans un melande de creole (patoi) et l'espagnol. En même temps, il allait, en donnant des ordres a droit et a gauche, ça et là. Femme balbutait un lengage etrange pour demander a des lors et à Saint Raymond afin de l'aider de sortir en bien dans cet acouchement complique, c'es un comble de malheur parce que c'était un pair de jumeaux. Les sures se descendaient par tout son corps comme une rigole du rivière masacre. La parturiente avait passé trois nuits de douleurs en douleurs et des frissons spasmodiques. Se ressemblait á un reptile démoniaque. Son visage se changeait d'expression à chaque fois que se passaient les effets de les douleurs. Ses dents blanches se craquaient. Se craquait à cause la désespération. Ses yeurs noirs de même que se peau ont voulu se pousser. Ils étaient fixes, clouer dans une place indéterminée. La femme n'avait pas reagi. Elle était dans un limbes total. Mais la sage femme avait peur d'une attaque subite de frénésie qui pourrait la foudroyer instantanément. Durant le temps qui avait passé dans ces conditions on l'avaient applique tous les remèdes de bonne femme, en émoluments: un bain avec toutes sortes de qualités de feuilles:Vini-Vini. Arrasa con to amasa guapo. Et comme l'intérêt principal s'était de provoquer l'acouchement, la sage-femme le pétrissait le ventra avec de la graissage, sauge avec le lys et une tasse de lait d'ânesse sucré avec la mélasse du puce. Cependant, rien n'avait courir que l'inexorable détérioration de la parturiente. Les créateures ne descendaient pas malgré tous breuvages, et les pratiques qu'ont l'avaient suministrer. Son ventre se croissait par des moments comme s'il allait a s'escloter. Les jumeaux se contour sonnaient et se donnent des coups de pied dans cette crosse panse.

Mais ne descendait pas ni une seule pouce. Les contractions musculaires s'allaient pas ni une seule pouce. Les contractions musculaires s'allaient se faire plus faibles chaque fois. Il parait que les gémissements de la parturiente étaient plutôt une réaction involontaire a les insultes de la sage-femme, que le résultat de les mouvements musculaires que la nature a prévu pour produire la naissance.

Pousser ma fille. Continuer de pousser n'arret pas pousser! Pousser. Marie rose les saints vont aider! Penser le saint que aider à tant de femmes as 'accoucher accrocher-toi de quelque soit, que le saint Raymond t'aidera!

La préoccupation de la sage-femme allait en augmentation. Ce qui fait de cet accouchement tant inhabituel c'est que e placenta était sec parc qu'elle avait été rompre les os à l'entrant de la nuit. Madame tingó florence s'irritait à chaque minute qu'elle faisait un pas. elle avait passé trois jours sans dormir pour la faute de la parturiente.

Continuer de pousser bénite haïtiene! Donc ça y est les jumeaux viennet de descendre, tu ne veux pas pousser! Quelle sorte de femme est-tu? Pousser dur, tu n'est pas une quelle sorte, nom plus une idiote!

Madame Tingó florence, tétait une énorme pipe. Elle marchait d'un côté à d'autre dans l'intention infructueuse de dissimuler son nervosité. Entre-temps, elle lançait des grosses bouffées de fumée du tabac sans raffine que son compère cumandé le blanche l'avait «une bouchée» de tabac enroule importé illégalement de la province de Santiago de los Caballeros. Ses ancêtres l'avaient enseigner que le tabac «cibaeño» était le plus pur de l'ile. Monsieur le blanche l'avait donde à la l'accoucheuse tingó florence le vendredi dernier après qui'elle avait faire un accouchement à une mulâtresse aux les alentours de cap haïtien. Ce n'est un secret pour Person tresse que le propriétaire foncier vivait avec la belle mula trasse du cap après la mort de sa femme. Le bon accueil qu'elle avait reçu de cumande le possédant de grandes richesses dans la frontière tout près de Manzanillo s'équilibrait les mauvais moments que tingo passait dans les montagnes d'Haïti. Madame tingo Florence durait des jours, des semaines et des mois dans la region ou la nourriture était plus rare que les dents de les herons. A peine, le clients peuvent payerses precieux ser vices de la sage-femme parce qu'ils n'avaient de rien. Ceux qui connaissaient a la sage-femme affirmaient qu'elle était la bouche du diable et un cœur le distribuait prmi ceux qui ont plus de besoines. Comme ca elle allait pr la frontiere de domingo-haitiana. En apportant plus de gens au monde plus d'esclaves pour servir et plus de noires pour souffrir. Sans di le proposer, peut-etre la sage-femme madame tingo allait se créer une armee de zombies. Mais elle avait un étique médical de l'université de la vie rurale, la cohabitation paysanne. S'est l'unique et une théorie simultanément. Ce n'était pas avec pratique et une théorie simultanément. Ce n'était pas le momort. A madame tingo le préoccupait aussi sa renommée. Sa réputation comme la sage haiti et la république dominicaine était en danger de se perdre.

_ Moi, tingo florence, roule avec cet accouchement. Je ne peu pas croire, zut . de la frontiere toa les gens de Jimaní, et toa les gens d'haiti sait que je suis la meilleure sage-femme, bon dieu. Oh mon papa aidemoi, papa belier. Vien par ici, papa ramon. Les sin ne pep a me rate!

C'est comme ca la sage-femme parlait en mélangeant l'Espagnol avec le creole. En eclaboussant son lengage avec quelques lorsqu'elle servait a les six filles de mon sieur cumande le blanche. Il s'est devenu veuf apres que son epouse l'avait donner le dernier c'est une filli que, pour son bonheur o pour son malheur, c'est une fille comme toutes les autres. Il avait l'avidité d'un homme maintenant il a une jupe en plus afin de surveiller parce que ses filles étaient les enviables dans toute la region. Depuis Dajabon jusqu'à port-au-prince tous les hommes avaient en voyer un œil sur les filles de cumande le blanche. Sa situation economique dans le cap. Haitien l'avait obligé de permettre que les demoiselles s'asisstaient dans les clubes de la société. Quoique ceux qui ont de la jalousie ont dirent que c'était un pretexte pour avoir plus de temps libre. Les tapageurs du lieu faisaint courrir le bumeur de que le propriétaire foncier s'acouchait avec la mulatresse sur le lit de la defunte. Les filles se resemblaient a des il betes feroces pour survieiller a leur père et pour opposer a ses relations avec a jeune dame, d'après ceux qui avaient conclure et confesser: c'est pour de l'intérêt que la mulatresse carole monteclaire voudrait a le monsieur le blanche.

Tingó florence était comme de la famille. Elle conseillait discrètement a diviseur le blance pour qu'il vivait avec la métisse. La vieille tingó jurait et se parjurait que la defunte se l'avait apparue dans des plusieurs occations en le demander de conseiller a cumande la défunte l'avait apport pendant trois fois. Jurait que la défunte épouse ne voulait pas voir seul. Comme tingó florence était une femme très astucieuse, les demoiselles ont jamais soupconner que ses relatiens avec le monsieur le blanche étaient le résultat d'une œuvre d'une efficient entrementieuse, de moipiola Francesa.

Monsieur cumande disait tingo la defunte qui dieu la proteche dans son saint nom, était vous devez avoir quelqu'un pour se pelotonner durant les nuits. Comme vous savez, corale monteclaire est jeune, exotique et représenter dans la société d'haiti qui est la plus sophistique dans toute la surface du caraibe. Vous savez aussi, qu'elle était la demoisselle qui accompagnait a la defunte a les grandes ceremonies que se celebraient a petion ville, lorsque vous ne plvait pas aller a la capitale. C'est une majors d'haiti ont devendu fous pour elle. E'st pour cette raison, ils ont tant de jaloursie á vous, monsieur. N'oubli pas que carole parle quatres langues et vous aimez faire des invitations à beacoup des etrangers a votre mansion. C'est certain que nous etions les esclaves de la France. Elle nous ont exploité mais aussi elle nous ont laisse un melange raciel qui afait que les femmes haitiennes ont de venues les plus exotiques de la region du caraibe. Nos femmes, et carole monte claire s'est l'une d'elles, servent pour jalouser a beaucoup de pays d'amerique. Ne me dit que n'est pas vrai, monsieur le blance, parce que jai en tentu a plusieurs gens qui parlent, et dans les legements on a enten du beaucoup des choses. Le propriétaire froncier afait des sourieres astucieux. Il était etonner de la sagesse de la sage femme.

Madame tingo florence s'estimulait les relations amoureuses qu'elles avaient tellement repoussé. Les demoisellesservaient de chaperonner. Etait de confiance excellence. Pour le monsieur le blance. D'ailleurs. Lorsque la plus jeune appelait anne le blanche était de bonne humeur. Il l'appelait affectueusement, mama tingo. La vieille l'avait eu un mauvais accouchement par une attaque subite de frênesie. Sa vie était sur le point de se caoguler. Ni la sage-femme ni les sorciers du cap haitien ne peuvent prevenir cette tragedie. Les souvenirs de la sage femme venaient et allaient dans sa mendire s'aññaoemt etveaient dans un cligener de l'œil elle a continuer d'aborber la fumée du tabac qui brulait sa pipe en demandant à la mètrese, à sainte socorro et à saint ramon pour les peu di'espoirs qu'elle avait de sauver la femme de la mort de ne s'évanouissaient pas comme se disparaissaient dans l'air de la frontière les gros flecons de fumée aromatique stupéfiant. La popularité de les filles de monsieur cules mauvaises langues ont, qu'un missionnaire nous vean ve nu de la France s'est obligé d'accrocher les habits et de renoncer à l'eglise. Le regieux s'est rendu fou avec une de les demoiselles. Un grand scandale a été forme dans la société du cap haïtien. La rumeur religieux a couru dans les campagnes, les villes, les marches, les places et dans les églises. Apres que la demoiselle a accouchée un petit garçon il ne la pas convaincu de faire un avortement. Le curé s'est abusé de son apparance physique, de son pouvoir ecclésiastique et surtout de l'ingénuite d'anne le blanche.

Pendant ce temps, les treizes demoiselles de maire rose et antoine pierre s'amusaient sans qu'elles ne peuvent pas allir de coucher parce que l'accuchement se faisaint dans l'unique habitation de la mison cela l'avait empeche. Elles de riaient et se jouaient, peut-être elles s'gnoraient les efforts de la sage-femme tingo florence afin de sauver a leur progeniteur de les griffes de la mort.

La demoiselle aux veuxoeillades qui a fait que le curé francais s'ecarte avait une charme qui se rendait fou à les hommes. A les femmes elle les faisait grogner comme les chattes en chaleur pour de l'envie qu'elles les causait. Anne le blanche était une belle femme haïtienne et intelligente. Ceux qui l'connaissaient de prés ont jure qu'elle était le portrait vif de pauline vivait au carhaitien et dans l'ile de la tortute en semble avec son mari victor lecler. Le commandant de es forces napoléoniens avait été envoye dans l'ile pour aplatir la révolution de les esclaves en Haïti que trainait à les colons et à la bourgeoisie française dans la région du caraïbe. Pour être plus semblabe, anne le blanche. Se fréquentait de se baigner complètement nu dans les rigoles de la rivière, que par hasard, on l'appelait le cabronne «salo pard». Ceux qui les voyaient ont dit, que l'une et l'autre quoiqu'elles vivaient dans des siècles différants, elles avaient les mêmes goûtes pour la nature. La fille de la blanche aimait se prome ner 'a cheval complètement nu, en galopant par les collines et les plaines, après cà elle ira se vautrer comme une truie dans une fange de rajeunissement durant les fetes de saint gabriel. Les deux femmes avaient les mêmes mesures de bustes, de fesses et de tailles. Tous les deux pasaient cent vingt-cinq livres et mesuraient cing pieds et cing pouces. Les deux etaient faibles, pour le militaires elle s'est devenir folle meme pour ses uniformes et ses décorations. Mais ce qui l'emportait à une démence totale c'était aller dans le bras d'un officier qui aurait des grades medailles. ca l'importe peu à pauline si les décorations avaient été obtenir en grognant de ses férocités, en combattant à les sans défenses, en tuant les ennemis de l'état en les amarrant comme des porcs dans un abattoir.

La fille la plus petite de comande le blanche était la copie exacte, la réincarnation parfaite de pauline Bonaparte se rendre compte que le cure de la cathedrale du cap haitien faisait l'inexplicable afin de visiter à la famille le blanche. Il utilisait n'importe quelle excuse paroissible pour aller à la maison de cumande le blanche qui vivait dans une propriété aux les alentours de la ville du cap. D'apprès les dans

LA HISPANIOLA LE ROYAUME DES ZOMBIES
VII
L'ARRIVÉE DE LES ZOMBIES

Joseph François Casablanche s'est captivé pour ce qui était arrivé, il allait se transformer. Son regard était congelé comme s'il a été hypnotiser par les mouvements de les corps féminins quise balancent par le tourbillon d'une dance, en spirale. Ses mouvements chronometriques avec l'exactitude du temps, forment une dance au ralanti. Les yeux étaient ouvert mais ne regardaient pas. Quoique ses mains continuiaient de battre par de l'adresse les tambours qui le servaient comme appui.

Anaisaaaaaaa! Papa Candeeeeeeele! Aide-moi avec cet accouchement zut! Ne te meurs pas bendite Haitiane! Donne-moi la bassinette! Pour bien dire, le vase de nuit! Vite, la condená estaupoint de morir! Hélas, je ne sais pas ce que je dis, zut!

La sage-femme se ronchonnait dans un mélange de patoi "Créole" et l'espagnol en même temps. Il donne des ordres à tort et à travers. Par ici, par là.

La femme balbutait dans un lengage étrange pour demander à les loas et à saint Raymond pour qu'ils feront sortir en bien de cet compliqué accouchement, comme par le comble du malheur s'était un pair de jumeaux. Les sueurs se descendaient comme une rigole de la Rivière de Masacre. La parturiente avait passée trois nuits en souffrance de douleurs en douleurs, de spasmes en spasmes que contractient les muscles. Seressembler a un reptile démoniaque. Son visage se changeait d'expression a chaquefois que les effects de les douleurs sont passé. Ses dents blanche se craquait. Se craquait a cause le désespoir. Ses yeux noirs aussile couleur de sa peau, ils voudraient se pousser. Ils étaient fixés, cloués dans un lieu indeterminé. La femme ne reagissait pas. Elle était dans un limbe total. Mais la femme-sage avait peur d'une attaque subite de frenesie qui pouvait la foudroyer instantanément. Durant le temps attendait dans cettes conditions, toute sorte de remèdes de bonne femme l'avait appliqué de toute maniére: un bain de bonne femme de toute feuilles. Son intérêt était de provoquer l'accouchement.

La femme-sage a été esseyé toute sorte de manœuvres afin de facilité à la parturiente un bon accouchement. L'accoucheuse le tripotait la ventre avec une graissage de basilic des morts, de l'aloès avec de lys et une tasse de lait d'un ânesse adoucir avec du miel de puce. Cependant, rien avait été passer qui n'était l'inexorable détériorization de la parturiente. Les créatures ne decendraient pas, quoique les aplitations de tous les breubages par l'aide de les remèdes qui avaient été fournit. Progressivemen se grandissait son ventre comme s'il allait as'éclater. Les jumeaux se contorsionnaient en donnant des coups de pied dans son exagérer ventre.

Mais pas même une seule pouce a étébaisser. Les contractions musculaires se ferontfaible de plus en plus.Se resenblait que les plaintes de la parturiente étaient plutôt une réaction involontaire de les insultes de la sage-femme, que le resultat de les mouvements musculaires que la nature avait fournir afin de produire la naissance.

Lutter ma fille. Continuer de lutter et ne t'arrêt pas! Lutter Marie Rose les saints vont aider! Penser á le saint qui avait aidé à tant de femmes a s'accoucher. Accrocher-toi de n'importe quelle chose, saint Raymond va t'aider! Que le saint t'aidera ma belle femme!

La preocupation de la sage-femme allait en augmentation. Se qui fasait que cet accouchent n'est pas si compliqué le placenta était sec, elle avait cassée les eaux pendant la nuit. Doña Tingó Florene allait avec un air irrité aupas des minutes. Elle avait passé trois jours sans de dormir, pour la faute de la parturiente.

Continuer de lutter bendite Haitiane! Maintenant les jumeaux arrivent tout de suite, tú no quie pujá! Qué clese e muje se tu? Puja duro, que tú no e pemeriza Buena pendeja! "Ne veux tu pas pousser? Quelle sorte de femme qu'est? Pousser vite, tu n'est pas une primipare, zut!

Doña Tingó Florence, suçait un énorme pipe. Ellé marchait d'un côté à l'autre par son intention infructuese, se cacha sa manière nerveuse. Pendant ce temps, des épaisses bouffées de fumée se lançaient du tabac sans raffiner que son compère Cumandê Le Blanche l'avait donné. Il avait l'habitude de l'apporter sur le nom de "un mascada" de tabac de andullo importé illegalement de la province de Santiago de los Caballeros. Ses ancêtres les avaient enseigné que "el tabaco cibaeño" s'était le plus pur dans l'Île. Monsieur Le Blanche l'avait donné à la femme-sage Tingó Florence le vendredi dernier après l'accouchement d'une mulâtresse dans la proximité de Cabo Haitiano. C'était un secret de polichinelle, le proprietaire foncier vivait avec la belle mulâtrese du Cap après la mort de la femme, le bon traitement que Cumandê l'avait donné, le possédant de grandes richesses dans la frontière tout près de Manzanillo, s'equilibrait les mauvais moments de Tingó dans les montgnes d'Haiti. Doña Tingó Florence a duré des jours, des semaines, et des mois dans la région où il y a de manque de nouritures. Pour les clients a peine qu'ils peuvent player les précieux services de la sage-femme, la situation economique est un peu difficile pour eux. Ceux qui connaissaient à la sage-femme ont affirmé qu'elle est une Dame d'un bon cœur, le peu d'argent que les gens ont payé, sont distribué entre les plus besoins. Ainsi donc elle allait vers la frontière Dominico-Haitiana: En amenent plus de gens au monde, plus des esclaves pour servir, plus des noirs pour souffrir. Sans aucune proposition, peut-être, la femme sage allait se former une armée de zombies. Mais elle avait une éthique de l'univesité de la vie rurale la vie en commun paysanne. L'unique institution qui enseigne, qui graduer par des pratiques et des théories simultanément. Se n'était past le moment de reculer en arrieré par ce que les complications de cet accouchement avaient mis en danger de mort la vie de la Mère et aussi la vie de les Jumeaux. Pour Doña Tingó sa réputation était en jeu, et aussi pour sa rénomme de sage-femme la plus ancienne dans la ligne frontalière entre Haiti en la Republica Dominicane.

    ★   Yo, Tongó Florence, revoccá con este parte. Yo no lo pueo creer, coñe. De la frotier, toa Jimani, toa Haiti sere que je suit la mieur comadrone, bon Dieu, oh Papa Mue. Ayudama, papà Belier papá Ramón. Les santes no me puen fallá!

    ★   Moi Tingó Florence renversée dans cet accouchement. C'est incroyable, zut. De la frontier de Jimani tous les gens savent que je suis la meilleure sage-femme dans cette ligne frontalière!

★   Comme ça, safaçon de parler en mélangent le creole et l'espagnol. Un lengage éclaboussé avec des petites phrases raffinée en français qu'elle avait apprendre durant ses servis à les six filles du Monsieur

Cumande Le Blanche. Il était devenir veuf aprés le dernier accouchement de son épouse, malheureusement c'est une fille qui est née comme toute les autres. Il était anxieux d'un petit garçon. Maintenant, il y a une autre jupe à sa surveillance parce que ses filles étaient l'envie de toute la región. De Dajabon jusqu'à Port-Au-Prince, les yeux de tous les hommes étaient fixé sur les filles de Cumandê Le Blanche. Sa position économique dans le Cap Haitien l'avait obligé de permettre que les filles être présante dans tout les clubs de la société. Ceux qui l'avaient de la jalousie se disaient que c'était un prétexte du Richard du Cap Haitien afin d'obtenir plus de temps libre pour ses plaisirs. Les Cancaniers du lieu faisaient des rumeurs sur le propiétaire froncier qu'il se coucha avec la mulâtre sur le lit de la defunte. Les jeunes filles se ressemblaient à des bêtes sauges en veillant sur leur père en opposant a ces rélations avec la jeune femme parce que, l'amour que "la mulâtre Carole Monteclaire avait manifesté pour le Monsieur Le Blanche c'est pour de l'intérêt".

Tingó Florence était comme une membre de la famille elle aconseillait discretament à le Monsieur Le Blanche afin d'eposer avec la Métisse. La vielle Tingó jurait que la defunte l'avait apparu plusieurs occasions en me demandant de conseiller à Cumande de chercher une camarade. D'après la sage-femme la defunte l'avait apparu durant trois fois. Elle a juré que la défunte épouse ne voudrait pas le voir seul. Comme Tingó Florence était une Dame de beaucoup d'astuce, les Demoiselles ont jamais soupçonnerque ces rélations avec le Monsieur Le Blance étaient le résulta d'uneœuvre maquerelle éfficient.

Monsieur Cumandê a dit: Tingó: la défunte, que Dieu la protégéra, et qu'elle sera dans son abris, c'était une femme très belle, bonne femelle et très riche. Mais il faut avoir quelqu'une afin de te clottir durant la nuit. Comme tu sais Carole Monteclaire est une jeune fille, exotique et elle vit comme une pouliche dans la savane. Elle peut te représenter dans la sociéte d'Haiti qui est la plus sophistiqué dans la zone du Caraïbe: tu sais aussi qu'elle était la Damme d'honneur qui accompagnait à la défunte à les grandes cérémonies qui se célébraient à Petion Ville, comme vous ne peu pas aller à la Capital. C'est une Dame en tous lieux. Les Générales d'Haiti sont rendus fous pour elle.

C'est pour cetteraison, ils ont tant de jalousies contre vous, Monsieur. N'oblie pas que Carole a de la capacité de parler en quatre langues, et c'est un plaisir pour vous d'inviter a beacoups d'étrangers dans vôtre demeure. Bien entendu que nous sommes des escalves de la france. Nous ont exploités. Mais aussi nous ont laissé un mélange racial qui a fait à les Haitienes les Femmes les plus exotiques de la région du Caraïbe. Nôtres femmes et Carole Monteclaires c'ést une d'elles, qui sont des enviables de beaucoups de pays d'Amérique. Ne me dit pas que ce n'est pas vrai Monsieur Le Blanche, parce que j'ai entenidu à les gens dans les chambres en parlant beaucoups de choses. Le propiétaire foncier se sourirait d'un astuce. Il était surprendre pour la connaissance de la sage-femme.

Doña Tingó Florence stimulait les relations amoureuses qu'elles repoussaient tant de fois. A les Demoiselles se les servait de chaperona. Pour Monsieur Le Blanche, c'était une confiance par excellence. Mais, lorsque la plus jeune appellée Anne Le Blanche était de bonne humeur. Ont l'appelait affectuesement, Mama Tingó la vieille la sauvé la vie de les griffes de la mort, lorsque sa Mère avait un mauvais couche par un soudain attaque de de frénésie, qui a arraché sa vie d'une présure. Ni la sage-femme ni les ensorcelants du Cap Haitien peuvent prévenir.

La tragédie. Les souvenir de la sage-femme faisaient des va et vient dans un cligner des yeux. Elle a continué d'absorbé la fumée du tabac qui brûlait sa pipe. En demandent à la metrese à sainte socorro et a saint Ramon que les peu d'espoirs qui avait de sauver à la femme de la mort ne s'effaçaient comme se disparaìent dans l'air frontalier les grosses bouffées de fumée aromatique stupéfiant. La renommée de les filles de Monsieur Cumandê Le Blanche était tellement grande selon les mauvaises langues un missionnaire nouveau venu de la France est obligé de pendre les habits et de renoncé à l'église. Le religieux est rendu fou pour une de les demoiselles. Un grand scandale a été formé dans la société du Cap Haitien. Le tapage du religieux c'est répandu dans les campagnes, les villes, les marchés, les parcs et les églises. Aprés que la jeune fille est restée enceinte d'un petit garçon il ne l'avait pas convaincu de faire un avortement. Le prêtre a abusé de son apparence physique, de sa puissance ecclésiastique et surtout de la ingénuité d'Anne Le Blanche.

Pendant cetemps, les treize entants de Marie Rose et d'Antoine Pierres'amusaient sans le pouvoir d'aller de se coucher parce que l'accouchement était dans l'unique habitation qui avait dans la petite maison ça l'empêchait. Ils jouent enfaisant des plaisanteries peut-être ils ignoraient les efforts de la sage-femme Tingó Florence pour sauver a sa progémiture de les griffes de la mort.

La demoiselle de les yeux de cristal qui ont fait que le prêtre Français a perdu sa tête avait une charme qui rendrait fous á les hommes. Les femmes se grognait comme des chattes en chaleur pour de l'envie qu'elle l'avait causé. Anne Le Blanche quiétait une belle haitienne et interligente. Ceux qui la connaissaient de près ont juré elle est le portrait vivant de Pauline Bonaparte. La sœur de l'empereur de la France. Pauline vivait au Cap Haïtien et dans l'Île de la Torture ensemble avec son époux le Général Victor Leclere. Le commandant de les forces napoleónicas a été envoyé dans l'Île pour aplatir la révolution de les esclaves d'Haïti qui aplanisaient à les fermiers et à la bourgeoisie de la France dans la région du Caraïbe pour être plus semblable. Anne Le Blanche se fréquentait de baigné complètement nue dans les rigoles de la rivière, par une simple coïncidence, on l'appelait "Le Cabronne". Ceux qui les voyaient ont dit, aussi l'une que l'autre, quoiqu' elles avaient vivre dans des différents siècles elles ont les mêmes goûts pour la nature. Pour la fille de le Blanche ça l'enchantait de se promener à chevál complétemént nue, en galopant par les collines et les plaines après ça elle va a se rouler comme un porc dans une la boue de rajeunissement durant les fêtes de saint Gabriel. Les deux femmes avaient les mêmes mesures de bustes, de fesses et de ceintures. Les deux pesaient cent vingt-cinq libres et mesuraient cinq pieds et cinq pouces. Les deux étaient débiles pour le pouvoir et l'opulence. Les militaires sont agréable aux yeux de Pauline Bonaparte, se rendait folle pour les uniformes et aussi les decorations. Mais ce qui est une démence totale pour elle est d'être accroché dans le bras d'un officier avec des grandes médailles. Ça l'importe peuà Pauline de comment qu'ils sont obtenir ces décorations si c'est de grogner ses férocités, en combattant à les sans défense, en abattant les ennemis de l'état en les amarrant comme des porcs dans un abattoir.

La plus petite fille de Cumandê Le Blanche était une copie fidèle la réincarnation partaite de Pauline Bonaparte. Ont dit que le curé de la Cathédrale du Cap Haïtien faisait l'indésis afin de visiter à la femille Le Blanche. Il utilisait n'importe quelle excuse paroissiale pour aller à la maison de Le Blanche qui vivait dans une propriété aux les alentours de la ville du Cap. D'après les tapageurs, un jour à cause de la jalousie il a commis un sacrilége d'abandonner une messe au milieu sous le prétexte d'être indisposé. À cause de la jalousie il a été habillé en civil afin de se caché parmis les gens pour éviter les mauvais commentaires. Cette fois il se mit un chapeau qui le couvrait les yeux. Avec un sac à dos et une machette dans sa taille en se déguisé comme un paysan du villageois avec son typique vestiaire.

Le réligieux avait la manie comme n'importe quel homme, d'enlevé sa soutane l'ors qu'il allait voir Anne Le Blanche. Elle se rendrait folle en voyant la musculature du réligieux Français en plus d'être très jeune, il passa savie en faisant des exercices. Se ressemble a un paysan du région, qui allait de se glisser entre les ruelles du quartier de la Mulâtre. Le curé a continué discrètement vers le cou de saint Gabriel. Durant le trajet il y a rencontré avec beaucoups de promeneurs. Mais comme il allait bien camuflé, à personne se l'ocurrait pensser que ce paysant était en réalité, le curé de la paroisse du Cap Haïtien, déguisé en civil. Le prêtre Français ne peut pas croire ceux que voyaient ses yeux bleus comme deux gouttes d'eau d'antillaise. S'agenouillait avec de l'etonnnement et se glissait entre les buissons. Il bougait sa tête entre les braches et les feuilles de les buissons. Il voudrait voir la nudité de la femme de ses rêves et de ses luxures. Il était concient qu'Anne Le Blanche l'aimait d'une passion écervé quoique ça il fait de la jalousie pour elle. Mais comme c'était une fémme orgueilleuse, a savoir de sa beauté. Elle Jouait avec la faiblesse du curé pour la chair. En employant ses provocations, il a perdu son bon sens il se rendre fou. L'homme avait baissé satête.

Se caché, en quatre pattes comme une pête féroce à l'affût. Se resemblait à un félin. Prêt pour attaquer. Ses yeux se remuaient. Il regardait vers tous les côtés comme s'il veudrait nier ce qu'il voyait. Son cœur le faisait des sauts après qu'il a vu entre les buissons à la femme qui recevait toute sorte de pétrissages par un robuste masseur tout près le coteau de saint Gabriel. Le Pére Raúl Lapeste ne peut pas croire qu'elle s'osait de donner ces bains fangeux sa unique prétention c'est de se maintenir rajeunie pour toute l'éternité.

-Oh santos Dios. Je croi(s) que le monde estábass sous la domination du diable, el mismite Satanás!

On a entendu le murmur du prêtre, en faisant le signe de la croix. Les chagrins les tortures de la jalousie. En regardant de nouveau vers le coteau de saint Gabriel et poursuivi en lançant des maledictions. D'une façon inattendue un tremblement est tombé sur lui de la tête aux pieds. Il a balbutié en colère.

Eloigner toi de moi Satanas! Écarter toi loin de moi, que resterais-je aveugle si regarderai cette dévergondée nue!

Le prêtre jurair. Jurait et priait. Mais il ne pouvait pas supporter l'envie de regarder la femme pour son étonnement, devant un signal dissimulér d'Anne Le Blanche, le masseur l'avait prit par la taille en la levant dans, l'air par des tours. Despacito. Despacito, d'une délicatesse sensuelle. Il a continué de faire le tour par de la douceur encore une fois plus les muscles du masseur s'enflammaient de fierté. Pour lui, la femme était comme un mannequin qui'on presantait dans une boutique d'exhibitions; Le Prêtre Lapeste lançait des éticelles à cause de la rage.

- Pourquoi je suis tombé amoureux comme un chien de cette femme aussi pervers comme ça? Jete demande une réponse, Santo Dios. Pardonnez-moi Saint Antoine, d'avoir de te demandé de m'aider a conquérir le cœurd'Anne Le Blanche. Pardonnez-moi pour les punitions. Que je t'avais donné temis la tête en bas, avec les pieds en hut a fin de te forcé d'écouter mes prière. Maintenant, je te demande d'intercéder pour moi. Aide moi saint Antoine pour que cette femme se sortira dans mon interieur! Elle se trouve jusqu'à la moelle de mes os. Même dans le petit déjeuner dans le couvent de Notra Dames! Enlever la sur moi, saint Antoine! Je te promets que jamais je vais tomber amoureux d'aucune paroissienne!

Le religieux resentait de la tristesse. Pour cette raison il a regardé de nouveau vers le coteau. Le corps de la femme se décrochait, et se tordrait lentement. Après qu'elle a ordonné a le masseur, de la placée par dos sur un gigantesque rocher. Lorsqu'il a terminé de l´endouir d'un extrême verdâtre dans tout le corps, d'une attention comme d'un rituel, il a continué de faire des tours avec elle dans l'air. Anne Le Blanche avait une intruition très developpé. Ses amies avaient de la craindre comme si c'est un Diable parcequ'elle devinait la pensée, aussi les disait le couleur de leurs vêtements intérieur qu'elles portaient.

Dans le moment que le masseur la pétrissait, la femme a sentir une décharge electrique qui la secroué. Quelque frissons l'avaient passé. Par une rudesse elle a écarté ces épaisses mains. Elle pressentait que les yeux du Père Raul Lapêste les calcinaient en chair vive. Dans un mouvement de provocation, l'Haïtienne allait de se lâcher. S'ést libéré de les musculeux bras du masseur s'arrêtée subitement. Elle était transformée en une momie par de la boue sacrée du coteau de Saint Grabiel. Comme une poule qui se s'ecouait d'un coq, comme ça Anne Balançait ces attributs tournant. Sans hésiter se mets a courir de grand pas en direction du petit forêt jusqu'à présent, qui l'avait servir comme cachette pour le Prêtre Français. Ses pieds presque ne touchaient pas la terre. La femme sautaitsautait. Par desus de les arbustes. Le prêtre avait de la craindre à les ensorcellements d'Anne Le Blanche. L'ors qu'il la vu que s'approcha, il s'électrocuté de la peur pour un instant. Mais en écoutant les éclats de rire, il a obtenir des forces, il s'incorporéil a sentir que les genoux se tremblaient. En voyant à la femme fout nue courir vers lui avec les bras ouverts, il a fait un signe:

- Jesus Maria, et Jose! A crié avec étonnement le reuligieux. Il a été etonné en ecoutant l'écho de sa voix qui allait de répété ses paroles par les précipices et les montagnes de la région.

- Pour Saint Caralampio, Anacaona et San Deshacedor, je jure que je ne peut pas croire ce que j'ai vu! Saint Barbara et Saint Socorro, aide moi parce que cette dévergondeuse femme vienne sur moi! Aïe là-bas vienne! Pour quoi ne la l'enlève pas sur moi, señor?

Sans attendre des réponses de personne, comme il était seul

dans la forêt, il a prononcé quelque phrase comme une promesse de repentir pour ses glissements mondains:

- Si j'échapperais en vie dans cette situation, du ciel non retournerait pas. Je jure que j'accrocherais les habits religieux!

Au fur et à mesure qu'Anne Le Blanche s'approcha, le prêtre a réussit de s'incorporer. Il a passe la main à son visage. Il a fait de nouveau le signal. Sans attendre avant d'accompir la demande de l'aide à tous les saints, se mit a courir comme un fou.

Se zigzaguait. En se déplaçant de la gauche à la droite, d'un endroit à l'autre comme s'il se fuir d'un serpent vénéneux. Il courait sans de tourner la tête. Dans sa fuite, s'est tombé le chapeau, le sac à dos et sa machette qui les avaient aidé pour s'évader à les curieux et les critiques de la région. L'homme se nettoyais.

Comme un chien qui se sécha sa salive. Envoyant à le prêtre qui court d'un désespoir, Anne Le Blanche se riait. Le curé français avait sa langue dehors parce qu'il sait que ça l'aimait à l'exotique femme, d'après un vieux vice sensuel, il amarrer dans sa ceinture une corde de "pega palo" est d'être ensorceler pendant un romance amoureu jusqu'au lever du soleil.

- Oh Santo Dios! Virgen Santisima! Je crois que le monde est sous le pouvoir de Lucifer. On a entendu le murmure du curé une deuxième fois. Les longues enjambées d'Anne Le Blanche l'avait donnée l'apparence qu'elle volait dans l'air au ralenti. Sa copieuse chevelure ramasée en longues tresses, flottaient par la brise. Ses seins se bougeaient a une rythmique symétrie avec les quatre extrémités, la formation de ces jambes se resemblaient à deux remos qui les poussaient par-dessus de tranquille et douce verdure de la plaine du Cap Haïtien. Les Béates du paroisse se murmuraient quand ses devoirs religieux les permettaient d'aprrocher de les cas amoureux du pieux de la demoiselle. Elles se sont juré enris quant leurs vies à la mort de ne pas parler des mentirs, le prêtre se fouettait également. C'etait un acte de de "mea culpa" que s'effectuait dans la sacristie du temple charque fois que se plaçait les doigts dans la langue d'Anne Le Blanche durant la communion dans l'église du paroissiale. D'après les cancanières le Père Raul Lapêste voulait effacer ses diableries en se punir à lui même par des coups de ceinturon. Sa faiblesse charnelle, l'obligeait de péché irrémédiablement face à la sensualité de l'exotique paroissienne du Cap Haïtien.

La sage-femme quoiqu'elle voudrait s'échapper de sa pensée en rappelant les épisodes de sa longue vie dans la région du frontière, elle est obligé de reprendre son bon sens parce que la situation allait de se compliquée. L'accouchement de les jumeaux allait de plus en plus difficile. Doña Tingó Florence avat une longue éxperience comme sage-femme dans la region de Fond Des Blancs. Jusqu'à present elle n'était pas donné comme vaincue. Elle apprit le métier comme accouchense dès son enfance. C'était une profession familière de génération à génération.Sa gand-mère avait été la sage-femme de beaucoup des Richards de Petion Ville dans les alantours de Port-Au-Prince et dans les plantations du Cap Haïtien. Ceux qui la connaissaient n'avait pas de doute pour elle, mais pour la femme qui allait accoucher. Marie Rose avait quarante-quatre années d'âges. Elle avait fait treize accouchements: six garçons et sept filles. L'espoir d'un accouchement sans des complications allaient de s'effacer à chaque minute. Doña Tingó se préoccupait de plus en plus. Raison pour la quelle elle a fait venir tout de suite le mari de la parturiete.

- Antoine! Antoine. Vient ici! *Entre repide! Tengo un cose pa deci! *Entrer Antoine j'ai quelle que chose a dire!

- Le peureux mari savait qu'il y a quelle que choses anormaux dans la chambre. En entrant il faisait des faux pas avec tous ceux qui se trouvent dans ses démarches.

- Qué est cette que vouz agite, Madame Tingó? Digame quil pase aquí? A demandé Antoine en murmurant, sans attendre la réponse de la sage-femme. Il connaît bien les règles et les traditions se n'était pas l'habitude pour que le mari rentrera dans l'habitation où se trouve la femme pour son accouchement, sauve une situation d'une gravité extrême. L'accoucheuse ne pouvait pas retenir encore plus. Marie Rose était attachée d'un bout de fil. Seulement un seul pas et là était sur le seuil de l'infini, en l'attendre afin de l'engloutir. Ainsi la parturiente va se tomber lentement. Doucement. Comme ce lui qui veut, et ne veut pas. Marie Rose Pierre allait de se rester tranquille. Tranquille. Tranquille. Pâlissante. C'est restée languissante.

Comme une tranquilité dans un cimetière le silence

s'est emparé de l'atmosphère. Il semble que le temps était détenu. L'immobilité sera peut-être pour toujours. Mais le batrre des ailes d'un troupeau de corbeaux a rompu le silence par leur vol errant, s'obscurcir de plus avec sa plumage le noircissement de l'Île.

Les deux ont vu à la femme en sueur qui accoucha pendant plusieurs fois. Les criatures sautaient dans sa ventre l'un après lautre, filles et garçons. A chaque cri de la parturiente, la tête d'un esclave, ou d'une esclave s'approchait par de l'étonnement dans un monde d'explotation, de misère et de sacrifice.

- Puja, Marie Rose! Puja duro!"Lutter" presser, ilarrive un, et une autre encore. Puja mujer "Lutter ma fille" saint Raymonva t'aider! Ne soit pas sotte, lâche! Continuer de pousser; il ya un qui arrive net'arrêt pas bonne femme! Maintenantil arrive un petit garçon plus tarde une grande petite fille encore continuer de pousser femme ce n'est pas le moment de rester de lutter.

Les presents de cet accouchement colletif de les Zombies pleuraient. Ils regardient avec de l'étonnement à la femme qui mette au monde à les travailleurs et à les immigrants pour la même industrie sucrière qui les avaient soumis à l'esclavage pour toute la vie. L'image de cet énorme accouchement était enterreé comme un piquet dans leurs memoires. Suspendait comme sa mémoire, noire comme la nuit de servitude dans les plantations de canne à sucre de les sucriers Dominicains. Les tambours criaient et luttaient aussi.

- Pare (parir) plonto mujer! Pare màs rapide, Marie Rose! Continuer! Pousser plus sante socorro va t'aider.

- Pum kutu pum! Pum! Pum! Pum! Kutu pum! Pum!

Maldite sea toute le Matin,tu pari! Accablés par les années de travait et par les maladiesqui les consumaient, Antione et Joseph François ont lancé un coup d'œil sur les plantations vertes qui recouvraient la vallée de "Sabana de los Muertos". Par un arragement du Gouvernement, de l'Église Catholique, et d'un coup de plume géographique, le lieu est passé sur le non de municipio de Villa Altagracia.La rage du père et le fils était comme un volcan irrépressible au point d'une éruption parceque a chaque fois qu'ils se levantaient avec peu de forces qui le restaient, ils se souvient de ce malheur. Les deux savaient que ses énergies avaient été sucé par les plantations des canne à sucre: Catarey, Montellanos, Río Haina, Barahona, La Romana, Consuelo, Amistad, Porvénir et Santa Fe en attandant, ils engraissaient

- la douceur de la canne avec l'aigre de leur sueur, comme l'ébène et d'acajou.

- Oh Papá Mue voilâ la lune dans le cielle! Mamá socorre aide moi! Oh san Ramon ven pa cá! Toute le jours toute le matin tempranite, oh Mon Dieu je ne peux pas souffrir ne m'entends pas pour quoi? Pour quoi?

C'est ainsi que, les deux Haïtiens ont trouvé des forces, où qu'ils n'avaient pas pour lutter contre le rhumatisme de beaucoup d'années, ils ont réussi de ses mettre debout de les chaises. Ils ont levé les bâtons qui les servaient de suppor et criaient d'une combinaison grandement.

- Les jumeaux ne se laissaient pas humilier Joseph François Casablanche écoutait attentif l'echo, qui se repetait comme une seule voix, les consignes de son père.

Le momente está aquí, pour la eglatè et la liberté d'Haití! Pour nos ancêtres et pour les Zombies!Les jumeaux ne se laissaient pas humilier! Pour cette raison allons nous au bataille!

Les voix s'écotaient de montagne a montagne. Chaque cri est heurté contre les parois quis'encaissaient à la vallée de "la Sabana de los Muertos" "La Sabane des Zombies". Dans ce moment, Antoine Casablanche s'est dresé. Dans ce ça le bâton no le servirait pas de support. Au contraire, son usage maintemnant c'est de gesticuler vers l'ouest. Le bâton s'est convertir comme une extension de son l'index. Il regatrdait fixe dans le lointain. Ses yeux étaient exorbités. De ces pupilles sortaient des flammes de feux en regardant vers son petit Haiti comme on l'appelait la patrie qui a vu sa naissance.

L'atmosphère était chargée d'une force bizarre, il avait de tout: danger, incertitude, prémonition et présage. La sensation était d'une cataclysme qui se sentait dans le va et vient de les vents de la région. Les puies étaient persistantes comme s'il s'agit d'un déluge interminable. Les choses allaient se déformer la mer, les eaux de les rivières, et de les cascades s'ébréchaient. Les montagnes et les arbres généalogiques se déplaçaient de ces places. Par une habileté de leurs prédécesseurs blancs, les mulâtres vivaient de les esclaves. Pour une fidélité de leurs tribus dans le lointain de Congo, Somalie, Afrique du Sud, Uganda, et la nation de les Watussies en combinaison avec Tenerife, la Côte d'Ivoir, Dominica et Surinam, les immigrants étaient suées de soleil à soleil sans de protester contre leurs maîtres blancs de la France, d'Angleterre, l'Espagne, Hollande et Portugal.

Dans la région il avait un grand brouillard d'outre-tombe. Les objets allaient se transformer par une lenteur. Une poussière Blanchâtre allait de pénñetrer par le tronc jusqu'à les coupes de les arbres. Les arbustes étaient démesurés. La nuage de fumée se filtrait entre les fentes de les maisons, se pénétraient par les grottes de les montagnes salait par ses pointes, en ourrant des énormes passages afin d'èchapper de la pression qui le forçait dès le ventre de la terre de Quisqueya et de Saint-Domingue. Une poudre comme une cendre se mettait dans l'estomac de les animaux et dans le ventre de les humaines. Volait avec les hérons, les chouettes, les corbeaux et les aigles. Tout se sont convertir en masse Le Blanc ne sera pas Blanc, ni le noire sera noire. Tous les éléments avaient combinés. Afin de changer leur statut social pour que tous se retournera a être comme était: une l'Île sans diviser. Finalement, qui a osé de penser qu'un territoire aussi petit, peut partager entre tant de gens?Les occidentaux de la Hispaniola avaient seulement deux chemins. Le premier c'est de se lanser dans l'eau. Combattant contre les bêtes marines qui dominaient l'océan Atlantique et la mer du Caraïbe afin de prendre la fuite à d'autres l'Îles Caribéunes et attiendre la Base Nord-Americain de Guantánamo dans la gigantesque Antillaise de Cuba. L'autre sortie était de traverser la frontière Dominicaine et lutter sur une terre ferme. Comme ça ils avaient que de mouiller avec du sang les terres que le code de les Zombies enregistra comme leur propriété depuis que la bourgeosie française est née, depuis que la oligarchie Europe a été crée. Les Haïtiens avaient de se jeter dans les eaux du Canal de les Vents de Jamaïque au marcher sur les traités de Basilea Aranjuez et Rysiwick qui comme gigantesques invisible, les êmpechant la traversée de la frontière vers la terre de Quisqueya. Pour être terre de mère, ne pourrait pas les laisser mourir pour toutant dans cettesituation d'Haïti. Pour cette raison le Conseil Clandestin de Sorciers avait regroupé à tous les ensorceleurs, spiritistes naturaliste et les gériseurs pour qu'ils donnera l'ordre de reconquerir la nation. Au lever de ce segond jour de cérénonies s'allait de commencer l'accomplissement constitutionelle de les leaders noires qui commendraeient le triomph, la reconquête de la Hispaniola l'unification de la frontière que durant des années que les Haïtiens esperaient. La bataille finale allait dé se commencer. L'heure de se réveiller avait arrivé pour les armées des hommes et des femmes qui étaient comme des morts en vie.

-       Pum kutu-pum! Pum! Pum! Pum! Pum!

Les tambours gemiraient inconsolables. Celle-ci c'était une Semaine Sainte speciale parce que pour la première fois dans l'histore s'est tombée ensemble avec la date de l'invasion de Les Haïtiens qui, durant vingt-deux ans ils ont gouvernés la partie oriantale de l'Île de saint domingue "la otra banda" (l'autre bande) d'après Henry Petion.

La prêtresse était une belle mulâtresse. Sa race Blanche avait prédominé sur la partie raciale Africaine. Elle suivait une tradition de la famille qui est la première fille, née un mardi d'une nouvelle lune, à minuit elle aurait de servir pour tout temps à les cultes de les bigots. De cette manière elle se comprometait dés son adolescence de servir à les guèriseurs et les sorcières de la région jusqu'a ce quelle arrivera a être prêtresse. Ses lèvres charmues et son regard fainéant le donnaient une beauté extraordinaire. Sa peau était hérissée, mais douce comme une petite couleuvre dans la savane. La femme était couvrir d'un habillement voyant. Se resemblait à une princesse africaine. La svelte de sa forme est restée ouvertement lorsque, d'un seul secoué, levestiaire, est arraché d'une force extaordinaire. Les convoqués ont arrivés à un entendement que leur puissance était d'une provenance rare. Tous ont répétés en même temps:

Vivre Josephine Lafontaine! Benvenue à ta nueva sauta Zombi!Que viva Papâ Bertrand! Merci beacoup, Grand Dieu. Pour nuestra egalité.Vivre la unification de la isle de l'Hispaniole!

La multitude de Port-Au-Prince gritait s'enivrait par le

vacarme et de l'emotion. Comme se réjouissaient les travaileurs Haïtiens, losqu'ils cultivaient dans les champs d'Haiti, en buvant le "Tafia"=Klé-Ren=Tri-Kuli, qui est le moteur principal pour motiver ces activites. Les riches et les pauvres convergeaient dans des interminables colonnes provenant de Cité Soleil. La Mulâtre, San Souci, Juana Mendez, Gonaïve, la Torture, Basîma, La Romana, Catarey, Macoris, Guachupita, Lavapiê, Belle et Petion Ville. Tous voudraient s'unir â le jubilé de les Zombies. Les deux capitales avaient changé d'endroit à Saint Domingue et Port-

Au-Prince arriveraient les mêmes cérémonies et les mêmes évènements.

La félicité de la nouvelle prêtresse, couronnée avec les habillements et la bénédiction de metresilis, s'appréciaient dans son visage. La Jeunesse de sa figure exotique. L'avait comblées d'éloges. S'élevait comme par enchantement. Josephine s'est rendue compte que son camarade de toute la vie Jambe Dominique venait en dirigant un bataillon de Zombies depuis la province de Puerto Plata. Sa joie est plus grande Iorsqu'elle apprit à Port-Au-Prince que leurs pères Frederique Duplesir et Florinda Lafontaine rentreraient comme membres du cabinet du Supérieur Gouvernement que s'établirait dans l'Île d'une manière à vie quand les horloges d'Haiti et de la Republique Dominicaine marquent l'heure treize, le 2, de Frevrier de l'année 2004. Le mandat à vie dugouvernement de rite était à la charge de l'archevêque et commandant de les Zombies, Jean Bertrand Buitre. Le prélat était s'asseoir sur son trône se pleuvaient les discours de les ministres. Les diplomatiques mondiales observaient en captivant.

Le Président Dominicain a fait apel à Port-Au-Prince à l'aube du jour afin de livre le nouveau gouvernan de die la bande Presidentielle et les clefs du palais national dominicain: Les informations mondiales annonçaient par ta radio et la télévision la nouvelle du mîlienaire: "SANTO DOMINGO ET PORT —AU-PRINCE ONT RÉUNIS".

L'unique condition qui avait le nouveau traité de les Nations Unies, l'Organisation des Etats Américain et le Vatican de Rome était, pour que Guiliermo Clintion, Jimmy Carretero et le Docteur Paquin Resevoir devaient être les conseillers interminables du gouvernement qui était finit d'installé dans l'Île de la Hispaniola. Comme la France ne voulait pas rester en arrière, s'associé à l'Angleterre pour que la Nouvelle Nation confédérée dans l'Île inclurait comme conseillers àvie à Charles de Gaulle, George Pomdiou, François Miterrand, Rafael Trujillo, Papâ DocDuvalier, le Roi Christophe et Macandal.

Son Encellence Jean Bertrand Buitre avait triomphé. L'évêque Haïtien était Heureux. Par un signal dissimulé, le Président Buitre a ordonné d'amener à la nouvelle prêtresse. Sept gendarmes, quatre demoiselles et trois garçons, qui l'accompagnaient à travers de les immenses couloirs du palais de Saint Marc l'atmosphère est illuminé comme par enchatement.

Josephine Lafontaine marchait.Sa figure avait maintenant la fierté d'une reine. Par sa démache lente, elle allait en foudroyant les presents hommes et femmes ont tombés en trase sous l'effet de son regard. Elle était dans une frénfiesie de transbrmation. La femme avait des pouvoirs spectaculaires. Maintenant elle allait de se rencontrer, face à face avec son excellent autorité, le nouveau monarque de la Hispaniola, le Zombi et le comandant absolu Jean Bertrand Bue. Entre temps, les bruits de les mitrailleuses, et le grondement de les coups des canons s'alternaient d'un exactitude diabolique. Ses estomacs vomissaient du feu meurtrier de poudre et d'acier, comme ça s'est timbré par l'inclemence l'accord de l'Île.

Au-devant de la cour de les mulâtres venaient les dignitaires d'Afrique: Diamond Tuto, l'Évêque avec son extraordinaire vêtement de pourpre; le leader de les noires Nelson Mandinga accompagné de son inséparable chien blanc comme une miniscule flocon qui se glissait inquiet entre les jambes de la foule. Venait aussi François Duvalier avec son mysterieux regard de son bras droit Amin Dada, le Dictateur d'Uganda, chargé de médailles et des décorations pour son appétit pour ta chair humaine. À ta fin de la cour de dignitaires du monde venaient le Roi Christophe du Cap Haïtien et le Generalissime Trujillo, il rit aux éclats pasqu'il avait fini designé un accord afin de construire un second monument de les cinq cents années de la découverte du nouveau monde. Comme ça ils voudraient glorifier à les nouveaux leaders de la Hispaniola de l'ébène. Et comme hommage se construiraient dessus une base de concret renforcé pour que la force les protégera pour plus de deux cents années encore plus, pour un second cycle pour une nounelle génération de Zombi. Au lointain s'apercevait une quadrille denormes de camions qui rugissaint désespérés pour attraper le somet de les collines qui envirronaient à Port-Au-Prince. Les machines se grimpaient et se luttaient. Sa façon de marcher en haletant se resemblait â les tortues par ses démache lentes. Ses siflements étaient plaintifs, ses odeurs provoquent des nausées, contaminés d'essence et de pétrole. Dans la capitale Haïtienne s'écoutait un seul cri:

- À la lutte mes compagnons! Aucune promesse est rester sans être réaliser ni aucune dette sans son paiement! Vive la révolutkin de Papa boc! Le Royaume du Zombi est arrivé! La Hispaniola est notre! Voilà la lune! La nuit cette pour noir. Oh Papá Bon Dieu donne moi force. Pa tucha!

L'Archevêque et le Président d Haiti écoutait attentif au battement de les tambours.

Pum kutu pum! Pum! Pum! Pum! Kutupum! Pum! Les yeux du prélat étaient allumés, sa figure miniscule comme un Napoleiin Caribéen, s'agigantait à chaque instant devant l'horreur de les observateurs du mende. Il ne manquait pas personne dans la cérémonie du millénaire: Guillermo Clinton, Pérez del Collar, Mohamed Ghali Brutus, le Docteur Paquin Reservoir. Orgueilleux, comme toujours, venait le Generalissime Trujillo avec sa imitation parfaite d'Adolfo Hitler. Il portait son uniforme extravagant et implacable. Après te chef de tous les Dominicain venait l'inséparable serviteur Porfirio Rubirosa, ce lui qui le graissait et le pétrissait avec de l'eau de la Florida pour de la bonne chance, vini–vini pour attirer à les ennemis, et détruir tout pour nettoyer les obstacles. Rubirosa le donnait des gorgées sporadiques d'un boisson avec le membre de "carey" dans une bouteille gigantesque de "Mamajuana". Il mélangrait le boisson avec le lambi de Samarà, Chanca Piedra de Cabo Engano pour les reins, Cartilago de Tïburon, Pitorro de Puerto Rico et griffe des chats pour baisser la pression et pour empêcher les infections. Pour finir avec le breuvage de les plantes naturels que se fournirait à le Président, depuis quit a eté convertir en Zombi, on Iàjoutait le rhum Palo Viejo, Barbancour et la Brugalita. Celle-ci était un boisson de rhum de bonne femme faire comme un souvenir de Rubirosa pour son beau-Père, en le melangant avec le pega-pato. Ce ci avait été son secret aphrodisiaque pour ces gueuletons et des avantures dragueuses. Tous les gens soient que le militaire Dominicain utilisait les boissons comme un rituel infaillible à chaque fois qu'il allait a une rencontre amoureuse. L'homme à parcourir le monde en rompant le cœur et en soumettant les corps de les femmes les plus exigeantes de la terre. Quoique Trujillo avait toujour éclairci que Porfirîo Rubirosa le préparait le gorgée de Mamajuana sans de mauvaise intention aphrodisiaque. La combinaison de pega polo et les morceaux de

- membre de Carey avaient-selon le gouvernement- l'inoffensif intention s'est de lever son esprit au moment d'être déprimer.

La journée était nuageuse et pluvieuse. Son pleuvoir interminable d'une serie de bruines avait réitéré à les voyageurs, pour s'ils ont oublier, que la vallée de savane de les morts, non seulement avait laiss d'appeler Villa Altagracia pour récupérer son nom originel, mais est indiscutablement, la Région la plus pluvieuse de la route entre Santo Domingo et Santiago de los Caballeros dans la Région del Cibao, entre le sud et le nord, entre les plus hauts et les plus bas. Les préparatoires pour le défilé de rara (gaga) ne s'arrêtaient pas pour rien et pour personne. Ce jour à trois Haïtiens étaient mort, ils vivaient des temps dans les environs du Batey Basima de Ingenio Catarey (sucrerie). Ils avaient donné toute leur existence aux semailles, à la coupure, aux transports et finalement au moulage de la canne à sucre que produsaient la région. Dans l'ambiance se régnait une tristesse inusuelle. Non seulement pour les morts immigrants d'Haïti, mais pasqu'il avait un air lourd.La journée et les conditions du temps comme cela se présageaient dans toute la contrée.

À la tombée de la nuit tout le monde était emmêlés. Avec le soleil en décadence, les macheteurs ils ont empilés comme s'ils étaient dans une compétence avec de l'obscurité qui venait en direction contraire. La soirée et les hommes se hâtaient afin de signer un contrat de complicité avec l'inéluctable changement de l'Île en ce moment, les conjurés avaient décidé en fin. À s'imposé l'ordre dans l'ordre. Pour la première fois dans ces visages ne sont pas remarqués les plis ni non plus la souffrance de son enchaînement à une esclavage permanent. Le visage de chacun de les réunis était rarement Heureux. Etaients radiants et beaux. Ses corps galvanisés resteraient dressés comme des soldats d'un groupe d'élite comme une garde impériale. Les courbés, se trouvaient redresseés. Les âgés se sont rajeunir par l'œuvre et par la grâce d'un miracle extraordinaire.

Les jumeaux ne seraient jamais humilier! Répondu les montagners de la savane de les morts. La voix de les déesses emboîtres dans le Mont de Pilon de azucar que s'amplifiât par les imprécations de les Zombies. Inspirés par un soulèvement extraordinaire Antoine Casablanche a juré à son grand fils qu'il voyait venir à tous les descendants. Hommes et femmes qui venaient avec leurs machettes aiguisèes en coupant la présure de les troncs de la canne à sucre. On les entendu crié de tout leur poumon: Papá Candele, Anaisa: aide-moi, zut! Moi gangu. L'union fâite la force. L'heure du Zombi est près. Morte a volê cosó "mort à les voleurs de cochon" pour le paix, pour les ancêtres, pour les Zombies! Un nuage de fumée a couvrir l'Île de Quisqueya des dispositions ont prise à Port-Au-Prince Tousssaint Louverture à la tête de la marche. Henry Petion venait de Jimaní. Le Roi Christophe se trouvait à Manzanillo. Papá Doc Duvalier passait par Dajabón. Le Redoutable General Boyer venait de la Ramona en ouvrant les tranchées. Il marchait devant en éliminant les obstacles, en nettoyant le chemin avec ses invincibles troupes de Cimarrones (les de la montagne) personne ne peut pas l'arrêtait. Dès Barahona à Montecristi s'écoutait une seule voix:

Oh, Papá Mue, voilâ la lune dans le cielle! La nuit cette pour noi. Mon Dieu, transformez-moi en un chat, en un chien, une couleuvre, au en un bacá! Oh papá muê! J'aime être devenir un Zombi a vôtre service, mon Dieu, sil vouz plaîte! L'Hispaniole est une sole paix. Deja vou! Voilâ la lune! La nuit est pour noi. La Republique Dominicaine s'est rendue! Vivre la Republique d'Haiti! Pum! Pum! Kutu pum! Pum! Pum! Pum!

Les tambours de Joseph François Casablanche rugissaient d'une ferveur grondement.

À la fin, lorsque la vie de Quisqueya a pris un virage forcé par les événements du monde, le soleil allait d'enterrer avec une précaution dans la profondeur de l'univers. Le décoloré changement du soleil à un rouge inofensif, sans aucun couleur, comme ça se le confirmait. Le soleil se resemblait à une torche dans une extintion, en menaçant de se sucomber d'un moment à otre, afin d'être tomber assessiner par les coups précis de la nuit caribéeune. La pénombre, avec sa cape démesurée, venait bien pressée afin de se joindre avec les prédestinés: hommes et femmes de l'ébène, de la canne à sucre et de la mélasse. L'irrémédiable récapitulation est arrivée. La Hispaniola avait cédé au Royaume des Zombies.